中国女侦探

吕思勉小说集

吕思勉——著

中国文史出版社

中国女侦探

血　帕

　　黎采芙女士曰：余世居昆陵郡中之局前街，是处名流荟萃，为合城之中心点。第宅宏敞，规模整洁。予故居而乐之。古人云：千万买邻。予之居宅，实不啻有此胜概也。予年才十八，予父母年皆五十矣。有一姊，他无兄弟，故父母皆奇爱予。予少有僻性，凡女红酒食这属，皆予所不好，所好者唯读书耳。生长闺中十八年，常借吾姊之教。姊性沉默，尤明慧多才，于学无所不窥，颇以学业名于时。予年虽少，亦追随吾姊，与郡中诸名流相角逐，于学多获裨益，下笔成文章，每为朋侪所叹赏。去年春，予姊婴肺疾以卒，此实予生平最不幸之悲运也。今春为予姊扫墓，有诗二句云：

覆载深恩知己感，不堪并到寸心时。

可以见其梗概矣。

自姊殂谢后，予益复无聊，觉茫茫六合，此身遂孤，幸与从妹锄芟相处，略解岑寂。锄芟者，先从父之第三女也。从父生一子四女，先从兄亦早世。从姊妹中，唯锄芟与予年相若，少予仅一岁耳，故自幼共嬉戏最久，相得甚欢。

锄芟名小元，其性质与予颇异。虽亦读书，而不甚好，唯好习武事，驰马试剑无弗能。予友李薇园女士，实予妹之导师也。今岁八月十五夜，予与锄芟置酒，招李薇园、凌绛英、秦捷真、慧真四女士饮。而予此一卷新奇之侦探谈，遂不得不托始于中秋一杯酒，岂不异哉！

是时，予抱病新愈，骤出户外，吸新鲜之空气，对明月饮美酒，与良朋共谈笑，乐何如之。

座间各纵谈诸种新小说以为快。予曰："中国小说之美，不让西人，且有过之者。独侦探小说一种，殆让西人以独步。此何耶？岂中国侦探之能力，固不西人若欤？"

薇园曰："否否。以吾所闻睹，则中国人于侦探之能力，固有足与西人颉颃。盍者请为子述之。"

于是，众乃肃然静听。

薇园曰："予之归乡园也，今才五年耳。五年以前，予固犹在吾父祥符县任所也。吾父之为祥符县尹也，视事甫三日，而出一奇案。然吾父之所以得能吏名才，实亦以此。

"开封有南北土街者，繁盛之区也。街前有一烟馆，名长寿室，为安徽之祁门县人吴飞保所设。飞保，年五十四矣，有一妻符氏，年四十三。二女，一名阿庄，年十五；一名珊保，年十四。此距今九年前事也。是年二月初六夜，二女忽同时自戕。

"初七日，早九点钟，吾父往验尸，见二女以一绳之两端，同时自行勒毙。此绳计长六尺七寸八分有奇，乃一极粗之麻绳也。最可异者，死者各着一青布之夹衣裤，其里系白色，表里皆极整洁，宛然新制。询之飞保夫妇，则云此青布系居相国寺前，为人佣工之米有才之母所赠。彼二人自行制成者，以其新，向不甚服也。今夜不知何故，忽易此衣而死。则其为蓄意自戕之证一。且室中诸物，布置亦极整齐。镜奁笔墨，无一物离其位置者，即几案亦净无点尘。据此可知死者临命以前，必曾将各物整齐一次。不然安能位次精整若是。此其蓄意自戕之证二。合此二者以观之，则知此二女之死，必有万不得已之苦衷，蓄之已久而决然自戕于此一旦者。若谓有人焉实谋毙之，而故为是以眩其迹，则二女喉间之软骨，初不尽碎，其为自勒而非被勒，又明明与我以佐证也。

3

"据理以度之，以此二青年之女子而至于自戕，其姿色又殊不恶，则为常情所易疑者，必有一字焉，曰：色。夫既据此一字以为推度，则必有二途焉，曰：男女相慕，事不获成而死者；曰：为人所逼迫，非其所愿，不得已死者。由前之一问题欤，则可以一人死而不必以两人死。何则？此等事非两人所能共为。故既非两人所能共为，则必无两人同死之理。由此观之，毋宁谓为出于后一问题为近。

"既出于后一问题矣，则又有一至重要之疑问，随之而生。曰：此二女子果为何人所逼迫而死也？据邻近各户之报告，咸谓以耳目所闻睹，实无逼迫此二女子之人。然其言殊不足信。或迫之者而出于密谋，或邻近各户之畏事，虽有所知而不肯言，俱未可知。然谓其出于邻近各户之畏事欤，则禁其不宣诸官长或吏役之前可也，禁其不宣诸亲朋之间不可也。以如此奇异之事，而谓举邻近数十家之人，能悉为一人守秘密焉，无是理也。谓出于迫之者之密谋欤？则此二女子又何从知之？而其谋又为何等谋？其人又为何等人？此亦一亟当研究之问题也。

"于是有疑及飞保者，曰：飞保夫妇之口供，虽云此二女实为其所亲生，然其言亦殊不足信。彼南北土街上之众口，其谁不知之，金云飞保实非善类，其不见有何劣迹者，实自近六七年以来耳。方十年前，彼曾流寓山东，时值齐地饥荒，飞保

4

乃出资购贫家女，转售之以获利。即彼之开设烟馆于此地，亦仅八年。八年以前之事，固非豫省人所能熟知。则此二女为其所亲生与否，尚未可定。而以飞保之灭天理而穷人欲也，或翼而长之而艳其色焉，未可知也。果如是，则其间委曲，外人又焉得而知之？此其说亦颇近理。

"虽然，踵此说之后者，则又有一疑问起焉。曰：长寿室之烟馆，仅两大间，而划为四小间。其前二间较大，则烟客之所横陈也，其后二间较小，则一为飞保夫妇之所居，一即二女之所居也。其左邻，则一成衣店，为崔姓者之所设。其右邻，则一寡妇王氏者，挈一子之所居也。其居之湫隘如此，使飞保而苟有强暴之行焉，则虽甚秘密而必非一朝一夕之所能为，其所由来者渐矣。观二女之蓄意自戕，则情殊不类，彼固非世家巨族深闺密院，又安能为所欲为，而使人莫之知也。今举一河南省城中茶寮酒肆议论是事之纷纷，而未尝有一语疑及于飞保者，则其说之远于情实，亦可知矣。

"夫如是，则此案情乃益入于疑难之域。虽举世界唯一之大侦探家当此，吾知其不无少踌躇而呼曰：难！难！

"虽然难矣，然天下到底无不可办之事。于是据最近侦探之所得，可为是案之佐证者，有四事焉。"

　　一距此案出现之前四日，即去年之十月，曾有一
　　少年饮于吴飞保家。飞保使其长女阿庄为之斟酒。斯

5

时少年已薄醉，因搂其腕，欲使之近己。女骇极，哭叫，飞保竭力排解。少年因迁怒飞保，与之斗殴，然弗胜，少年遂痛骂而去，去后迄今不复来。

一今年正月十八夜，飞保夫妇因事外出，嘱二女谨守门户、善伺来客。然珊保出外游戏，迨晚始归。阿庄因只一人，照料未及，而飞保房中失去银首饰三事，为符氏之物。其一为银如意，一手镯，一压发针也。飞保归，疑其友胡某所为。盖惟胡某为飞保之熟人，来吸烟时，尝入飞保之室闲谈，使是时睭室中之无人，而入其室焉，即遇人，人亦未必疑其为行窃也。是役也，飞保当挞其二女，二女愤，不食竟夕，然明日即亦如常。

一初六夜，飞保之妻哭其女，飞保呵之曰："汝痴邪？彼岂汝所亲生邪？"此语声虽甚微，然已为隔墙之崔成衣所闻。

一阿庄、珊保，初不甚向人家往来，唯与米有才之母往来颇切。有才之母，已于二月初四日死。有才因殡资无着，即一棺亦出赊借，遂于初五日下乡，告贷于戚串。

薇园述至此，而慧真忽叫绝曰："得之矣，得之矣。"薇园停箸而问曰："得之矣，将若何？"

6

慧真曰："此二女子者，必非飞保夫妇之所生。故其家庭之间情不甚相浃。然其二女亦必自知之。何以知其自知之，即于其情之不甚相浃知之。且飞保之二女，必与米有才有私情，故平素无甚往来之人，而独于米有才之母，往来颇切。与米有才之母往来颇切者，即不啻与米有才之往来颇切也。至米有才之母死而米有才即去，米有才去而二女即死，则此中必有一大变故。其变故如何，非予今日所能度知。然据其情节以相测，其必为如是无疑。故至其家饮酒之少年，一搂其腕，而遂至于哭叫，彼盖深信米有才之有情于彼。故彼盖深信米有才之有情于彼，而后肯为之死。彼盖深信米有才之有情于彼，而后肯为之同死。不然，必不至于为之死，必不至于为之同死。"

语毕，举杯痛饮，顾谓一座曰："诸姊妹，予为侦探何如？"又举目谓薇园曰，"予为侦探何如？"

又举箸大嚼，意颇自得。

绛英曰："是，是。姊姊侦探之才诚佳。"

予亦曰："是，是。然则飞保房中所失之银饰，或即为二女所窃，以遗有才者，亦未可知。"

慧真曰："然哉，然哉。诚如妹。"

锄茭独微笑曰："非是也，不类不类。"

慧真曰："何以知其不类？"

锄茭笑曰："天下恐无如是武断疏漏之侦探。"

慧真曰："何以知其武断疏漏？"

7

锄芟笑曰："请听薇姊言之，案情恐必不如是。"

慧真曰："何以？"

语未毕，捷真曰："勿争勿争，且听薇姊言之。"

举座曰："可。"

于是薇园乃复言，于是举座复静听。

薇园曰："唯吾父之所揣度，则亦如慧妹之所云也，请言其卒。

"予适所举之数端，乃祥符县一干捕名金富者之所探得也。以初七夜呈吾父，吾父踌躇移时，乃引金富而密语之曰：'如是，如是。'

"言毕，又从身畔出一物以示之曰：此证据尤不可少。

"金富领命去。

"越一日。傍晚，有才自乡间归。念离家已三日，母灵前，更无人具一盂麦饭，为享幽魂，不觉痛哭。盖家唯母子二人也，乃急出囊中钱百余，出门，市酒脯归，焚香燃烛，设食于灵前，向其母再拜，哭尽哀。

"既祭。念邻右有来助理母丧者，理当往谢。下乡时匆匆未能遍，乃今宜往谢，然晚矣，恐乱人意，不如俟明日。

"于是略食而寝。时奔走数日，又迫哀痛，疲劳已甚，甫偃卧，即蒙眬，旋熟睡。比醒，已日上三竿矣。

"既醒，而检点囊中所余钱，欲市早食供母。噫！奇事，奇事！昨置于床头之一小布囊，果何往？果何往？

8

"方窘迫间，一县差已至门，手持差票，怒目而视有才曰：'速起身，速起身！往县里去，往县里去！'

"有才骇极曰：'我犯何罪？我犯何罪？'

"县差怒曰：'汝杀人尚不知耶？'

"有才愈骇曰：'我安得杀人？'

"县差愈怒曰：'汝杀人不自知反问我？'

"不问黑白，拘之行。

"斯时，邻右闻声毕集。有才仰天哭曰：'天乎，予之无罪也！'

"然县差竟不顾，拘之行。即邻右亦徒咨嗟太息于苛政之猛于虎而已，无策救之也。

"有才既至县署，问公差曰：'我竟何罪？'

"公差曰：'汝欲知汝罪乎？'

"探诸怀取一物，以示有才。

"有才视之，骇极曰：'此何物？予何罪？'

"公差怒曰：'汝睹此，尚不承罪。此何物？杀人之证物。汝何罪？杀人之罪。'

"有才仰天哭曰：'天乎，予之无罪也，予安所杀人？'

"县差曰：'少刻便知。'

"有才哭曰：'冤哉！天乎，此何物欤？此吾母之压发针也。予新有丧，予以贫不足以具棺椁，故求助于亲戚。求助于亲戚，故下乡。下乡，故将予母生平所遗略贵重之物，悉携以

9

行，此压发针亦其一也。且尚不止此，吾昨宵枕畔一布囊，汝之所窃欤，汝窃我布囊，诬我杀人，天乎有灵，夫岂佑汝！'

"县差曰：'然，布囊实我之所窃，然杀人罪实汝之所犯，汝不承欤？'

"曰：'不承。'

"县差曰：'不承，亦宜。虽然，汝虽不杀斯人，斯人由汝而死，汝其未之知欤？'

"曰：'予何如？'

"言未毕，而官传有才质讯。

"此县差为谁？即金富是也。金富奉予父命往拘有才，而予父之所度，即如慧姊之所度也。"

慧真闻此言，曰："何如，汝以为然否？"

言毕，目锄芰。

锄芰曰："且缓。听薇姊言，予终不信此案之以如是而获破。"

薇园乃复言曰："方金富之奉予父命往拘有才也，在是月初七之夜。金富遣人伪为一递信者，访诸其近邻，则知其往东乡，尚未归。知其尚未归，且知其不一二日当归，于是金富乃遣一人尾诸东乡，而己乃潜伺其门首。潜伺其门首，而一无所见。盖有才家无人，有才之母死而有才出，故有才之门闭而加之以键。盖有才之室，内有一门，与其邻之室通，故有才键其门而自其邻之门出。

"既而金富生一计，乃自屋上入，而遍搜其室中。遍搜其室中而一无所获，于是金富乃大失望。然此敏腕锐心之金富，决不因此而失望，决不因此失望而退步。于是金富乃仍伺其门首。

"仍伺其门首，而果也。初八日傍晚，有才归。有才归而金富实亲见其置一小布囊于枕畔而寝，而有才身畔之物，足以供侦探之窃取者，实唯此一小布囊。盖除此小布囊外，而金富实未见其身畔更有他物。此眼光锐敏之金富，其所见必不失误。

"于是金富乃竟取其小布囊以行。竟取其小布囊以行，而案中之证据物果在。

"此案中之证据物果何物？实唯此一压发针。

"此压发针何足为证据物？盖此压发针非他，实飞保之妻符氏之压发针也。飞保之妻符氏之压发针，而何以在有才之小布囊中，则其为飞保之二女所窃以遗有才者可知。然此压发针，何以知其为符氏之物？盖金富甫探得符氏之失此三银首饰，而即亲往飞保家问之，而知其所失之三首饰：一为银如意，一为银镯，一为银压发针。而又悉知此三银器之镂刻纹理，及其店号，而又知此压发针上盖有三小孔，于是而此压发针决然为符氏所有无疑，于是而有才之罪定，于是而吾父之明察见，于是而金富之以干才名也不虚。"

薇园言至此，慧真复举杯一吸而尽曰："何如?"

锄芰曰："且更听薇姊言之，予言亦诚不能保其无误。"

于是众乃复且饮且听。

薇园复言曰："于是金富乃急怀此以见吾父。时已三更矣，吾父升签押房，问之曰：'吾所示汝之证据物果何如？果有之欤？'

"金富曰：'此则无有，所有者唯此物耳。'

"乃以压发针呈。

"予父沉吟曰：'此其果足以为证据欤？'

"金富曰：'足矣，不然，天下恐无此凑巧事。'

"予父曰：'是诚然，虽然……'

"语至此，金富急曰：'愿老爷速拘之。不然，彼将逸，彼将逸。拘之一讯问，当可水落石出。'

"于是予父亦曰：'诚如汝言。'

"乃以提票付之，此实金富拘得米有才之始末也。

"虽然，审问数次，迄不得结果。有才唯坚执是物为其母所遗，已不知其所自来。虽以飞保、符氏为之证，所言之压发针，与有才囊中所有，一一吻合，然有才坚承，讯之以二女子之死，坚言不知。唯承认其母生时，曾与此二女子往来而已。

"至是月十二夜，予父独坐签押房中，深思其故，乃忽然曰：'误矣！误矣！此证据不得，此案终无可定之理。'

"于是予父乃更召金富而问之。"

语至此，绛英曰："然则，此所谓不得之证据，果何证据欤？予实急欲闻之。"

薇园曰："妹其毋躁，姑待予言之。"

于是众复且饮酒且听，乐甚，不复知此时之为何时也。然薇园探怀出时表一视，则已八点二刻。

于是薇园乃复言曰："余父于此役也，署中虽有幕友，若熟于刑事之亲戚，其所言概不足以当吾父之意也，故不得不引一金富为参谋。然金富之所为，又时有出于鲁莽者。故此案之所以获水落石出者，殆吾父一人之力也。吾父之心，亦良苦矣哉。方吾父始闻金富之言也，其所筹度，殆一如慧姊之所言。然吾父斯时尚获有一证据，为慧姊所未知者，则吾父验尸时之所得也。方吾父验尸时，见两尸左臂，皆微有血痕，知为以针自刺而得者。斯时仵作等皆未及留心。吾父遂微以帕拭其伤处，帕上遂留有微血痕，于是留心推校，以为从此可得一光线。然苦思之，而终不得其故。迨闻金富之言，始恍然曰：'此必为二女子刺血作一绝命书，寄与有才者。吾前见其案头有笔墨书籍，则此二女子固略解文义也。'"

众闻之，咸恍然。

锄芟曰："误矣，误矣！"

薇园曰："于是金富来禀时，予父乃告以所揣度之言，而示以血帕，命其取此绝命书，以为证据。盖吾父度米有才之为人，虽极无情，此一二日中必不忍弃掷此绝命书也。且其虑患之深，亦不能如是。然卒不可得，此吾父所以谓终不足以定此案也。"

锄芟曰："苟如是，予请发三难。"

薇园曰："固也，待吾言之。

"于是吾父乃召金富问之曰：'汝以为现在所有之证据，果足以定此案欤？'

"金富猝不知所对，曰：'老爷以为若何？'

"予父曰：'予以为不足以定此案。'

"金富曰：'若何？'

"予父曰：'夫以为此二女子之通于有才者固也，有其可疑者在也。虽然，予前不既言之欤。苟其如是，则可以一人死，而决不可以两人死；可以两人先后为之死，而决不可以两人同时为之死。夫爱情至于死生而不渝，则其为爱情也挚矣，安有知其同时更有所爱之一人，而犹为之死者？而况乎血书之终不可得也。夫爱情唯一，夫爱情唯一。

"'且又不但此，汝以为有才之母死，而有才亡，有才亡而二女死，三事之适相承，为有才与二女有牵涉之证也。虽然，有才之母，其死也固出于中风，中风固非可以伪为，有才之母死而有才下乡，此亦情理所应有，而必谓其中有互相关系之故焉，此亦失之鲁莽也。

"'且也汝以此压发针之适相符合，而谓有才与二女有关涉之证欤？则压发针之出于同一店铺所制，固理或有之，既出于一店铺所制，又奚怪其纹理之适相符合。汝不见妇人之首饰

14

钦？苟一式样而为当时所风行，则无一店铺之所制不如是矣，而又奚怪其一店铺之所制者，若谓其上有三小孔，则亦不足为证据。此真所谓偶中也。若谓飞保夫妇之所证，则尤不足凭。汝固闻崔成衣言，彼飞保亲谓此二女非其所生，然则彼于二女之名誉，又何所惜？彼且幸其有此偶合之证，可蔽罪于有才，而吾不复究彼也，又何惜而不证明之。则子之所谓压发针，又何足为证据？'"

言至此，锄芟目慧真曰："此即吾所谓姊之武断疏漏者也。夫唯疏漏，故武断，武断斯疏漏矣。"

慧真亦服曰："然则果何如？请更言之。"

薇园曰："然金富尚不服，曰：'吾以为天下终无如此凑巧事。'"

锄芟曰："执一端之偶合，而谓天下绝无如此凑巧事，而必欲执是以强断案情，天下之最误者也。吾请更发一难。夫谓此二女子之刺血，为作一绝命书以与有才者，似也。虽然，有才之母，既于初四日死矣。有才既于初五日下乡矣，则二女之血书，其何时所寄钦？若谓在有才未下乡以前，则其创痕必不应犹新；在有才既下乡以后，则此绝命书交与谁者？且此绝命书固谁为之传递钦？若相见钦，可以言，何待书？若传递钦，此岂可交人之物邪？虽然，此固不必有绝命书，此之所重者，独以其血为情之表证而已。则或染一血帕以遗之，或更有存留此血之法，亦概未可知。然在有才未下乡以前，则其创痕必不

15

应犹新；在有才既下乡以后，则谁为之传递者？此固可以理度之，而信其必然者也。"

众皆惊服曰："妙才，妙才！侦探之妙才，侦探之妙才！"

薇园亦举酒相属曰："妹真侦探才也，其将为东方之女歇洛克欤？未可知也。"

于是酒既酣，众乃食。

薇园且食且言曰："惟吾母之所云，则亦如锄妹之所度也。方是时，吾父推度此案，既不得端绪，乃入而述之于吾母。吾母曰：'误矣，君其误矣。夫谓此二女子之刺血为贻有才书者，其贻之当在于何时欤？若谓在有才未下乡以前，则其创痕不应犹新；若谓在有才既下乡以后，则又谁为之传递者？夫此固非可托人之物也。然则此案与有才殆将无涉，无涉。'

"于是予父乃恍然大悟曰：'然则何如？'

"予母曰：'当如是，如是……'

"予父又恍然大悟。

"十三日，忽有以离城七里东乡之范为生，于昨夜被戕报者。予父乃又出城验尸，既毕，乃归。

"十四日，予父忽出票，命役提南门外之周隐深。

"众役皆骇，莫明其故。然不敢不往，唯金富略明其故。然仍不深知其所以然之故。

"周隐深既至，吾父乃鞫之曰：'汝杀牛老三，何故欤？'

"隐深骇不能语，面如死灰。

16

"予父曰：'汝尚欲赖钦？汝遇我，虽狡，勿图赖。'

"隐深神稍定，乃顿首曰：'大老爷明鉴，青天大老爷明鉴，隐深实未尝杀人。'

"予父笑曰：'汝尚不承钦？吾为汝言之，汝岂周隐深？汝名卜老狼。'

"隐深益骇，不敢语。

"予父又曰：'汝非周隐深，卜老狼也。昨夜东门外之命案，被杀者非范为生，牛老三也。'

"隐深气夺神痴，不敢语，面色如死灰。

"予父曰：'汝不承钦，吾为汝言之。汝固非周隐深，乃铜山县之巨棍卜老狼，在该处犯案累累，不能更处，乃遁至此，易今名。然铜山县又有一名巨棍牛老三，与汝固宿仇也，尝蓄志杀汝。既闻汝至此，不舍随汝来，而改名范为生。然汝二人皆未有党羽，乃复各勾结本地之无赖子，以自树党。党既成，乃各谋相杀。然以党羽多，一时各不获逞。既而长寿室烟馆主吴飞保，与牛老三相往还，欲以二女售之。既因议价不合，事卒不就。畏牛老三之逼也，乃更谋以女售与汝，以冀保护。然二女不愿，卒自杀。方吴飞保之拟以女售与牛老三也，牛老三曾往吴飞保家相其二女，因醉后颇行强暴，故至决裂如是之速。汝愤牛老三之鲜荐于前，而汝亦至失望于后也，因大愤，杀机于是益促，遂黉夜往刺杀牛老三，斯言信有之钦。'

"斯时卜老狼面色如土，但叩头曰：'大老爷明鉴，大老爷

明鉴。我实死罪,死罪。乞大老爷开恩原宥,乞大老爷开恩原宥。'

"于是吾父乃更使人拘吴飞保至,曰:'汝杀汝女,何欤?'

"飞保骇曰:'吾安敢杀吾女,彼二女实吾所亲生,吾安忍杀之?'

"吾父曰:'非特此也,汝且窃木厂街贾公馆之物,汝知之欤?'

"飞保骇极,气夺神沮,猝不能对。已乃曰:'吾安分良民,吾安敢窃物?'

"吾父曰:'汝不承欤?吾为汝言之,胜于汝之自言也。汝固安徽、山东、河南之积匪也。汝昔尝贩卖女子于山东。彼二女者,非汝之所生,亦汝昔之所买也。既长成,颇有姿色,汝乃思以重价售之以获利。适有山东积年巨棍牛老三至,即今所谓被杀之范为生也。汝昔在山东时,固与之熟识,于是乃欲以女售之。然因议价不合,卒龃龉。往返数次,无成议,事遂寝。然汝恐牛老三之以此而仇汝也,乃复与此山东之巨棍卜老狼结,欲以敌牛老三。'

"因手指卜老狼曰:'即此所谓周隐深者是也。然汝二女固不愿,因死,卜老狼怨牛老三之以轻率而并败己事也,因遂杀牛老三。虽然,卜老狼之怒牛老三,而欲杀之也,固已久矣,非特因此一事也,汝特利用之也。'

18

"吾父言至此，吴飞保顿首曰：'事诚有之，有之。死罪，死罪。惟大老爷原宥。'

"予父颔之曰：'不但此也，汝更有未知者，吾为汝讯之。'乃复使人提米有才来讯。"

言至此，众人食已毕，乃各起盥洗。视时表已九点三刻五分矣。

薇园略散步，吸纸卷烟一支，乃徐言曰："斯时米有才既至，吾父乃谓飞保曰：'汝窃贾公馆物何意，吾为汝讯之，汝孰意更有人窃汝之物者，汝孰意更有人窃汝窃诸人之物者。'

"斯时飞保气夺神痴，不复能语，面色如死灰，更旁睨卜老狼面色亦如之。即各差役等，亦莫不意骇神眩。

"吾父乃谓米有才曰：'汝今尚不承欤？汝与吴飞保之二女何如？汝速承，佐证已在此。'

"米有才骇不能语，但极口呼冤，求吾父为之昭雪。

"吾父乃以捕得卜老狼、吴飞保之说告之，且促其速承。

"米有才且听且叩首，面色如土。

"稍定，徐言曰：'求大老爷昭雪，此吾母之罪也，而非吾之罪也。'

"予父听至此，亦骇，盖出不意也。乃问曰：'汝母之罪何如？'

"有才叩首曰：'此实吾母之罪也。吾初以吾母之故，不忍言，然吾今不敢不言矣。吴飞保之二女，固非吴飞保所生，乃以四千钱自山东购得者。然二女渐长，亦颇自知之。盖闻人言吴飞保昔以贩卖女子为业，且亦有以微窥飞保夫妇待之之意也。然飞保二女，其貌固极相似，故二人确自信其为姊妹。此二女者，颇与吾母往来，吾母视之如己女，故二女颇亲吾母。吾母因贫故，遂略生贪财之心。时适有一女子，自山东流徙而来，僦居于旗纛街之一小屋中。吾母利其可以诳二女资也，乃与之通谋，使之伪为二女母也者。阿庄左肩下固有两黑痣，虽未告吾母，吾母固已微窥之，乃以告此山东之妇人。既使以此为认识其二女之证，又潜以告二女，且诳之曰："今汝父偕汝母来，然御汝母严，不复许汝母与汝相见也。苟欲相会，请于我处。"二女闻之，哀其母之穷而无告也，乃以飞保妻之三银首饰遗之。虽然，二女固非取人之物者，使此为飞保所应有之财，则二女之贫虽极之于无可复加，而必不取人之物以遗其母，其道德之高尚，言之犹令人敬服也。唯吴飞保之三物，适为窃自木厂街之贾公馆中。于是二女子乃取之以遗其母，亦托吾母转交，吾母实留其二：一银镯，一即此压发针。其交彼者为何物，则吾不能记矣。后吾母又与彼妇人通谋，使以青布二匹遗二女，曰："此吾之所手织也，历年深藏未尝为汝父知，今以遗汝，见此如见我矣。"因泣，二女亦泣，即吾及吾母睹之，亦未尝不恻然伤于心也。然吾尝力谏吾母，而吾母詈之。吾见吾母者，恐其以怒致疾，吾因不敢复谏也。吾母之所以以此二匹布遗二女者，恐二女悟其为诳己之财，而不复为之继

20

也。已而二女果以所私蓄之银二块遗其母，吾母亦干没之，今皆已无存矣。所存者，此压发针而已，而不图以此获戾也。抑亦天之所使，留之以为设局诓骗者戒欤！后吾母卒前数日，此山东之妇人死，死而竟为此二女子所知，以彼亦尝于人前微探听此山东妇人也，特不敢明言其为己之母而已。后数日，而二女即死其以殉母欤，呜呼！此则非吾母之所及料也，抑亦非吾之所能与知也。'"

众听至此，咸骇然曰："案情之奇幻至此哉，宜乎非大侦探家莫能破也。"

薇园乃吹去其管中残余之纸烟，更取一支吸之，而言曰："犹未已也。斯时吾父乃更问飞保暨卜老狼曰：'汝二人交涉之事何如？'

"飞保乃叩首曰：'吾不敢隐，吾不敢隐。此二女实非吾所生，乃吾买自山东者也。虽然，二女之死，非独殉母也，抑吾亦有罪焉。方吾之见牛老三也，吾欣然与道故，且期与之理旧业，共图行窃计。然牛老三尝一至吾宅相吾女，而捼吾女之腕，吾女弗善也，因哭。吾固知吾女性执拗，苟失其欢心，则将不可以金钱歃威武屈也，乃急排解之。而牛老三乃还怒于吾，因与吾斗殴。吾固亦习拳棒者，牛老三虽武，不吾能胜也，乃益愤。后吾数往，与之谢罪，而彼意终弗释。吾不得已，乃与卜老狼交，以敌牛老三，而二人固深仇，其相杀无与吾事，特因此而速其机耳。吾既与卜老狼为同党，乃共窃贾公

21

馆物，此今年正月初八夜事。吾既与卜老狼友，而敌牛老三，势不得不有以结卜老狼之欢心，乃谋以一女贱价售与之。因吾弃此等为匪之业已十年，旧时党羽悉离散，非结卜老狼，不足为牛老三敌也。然始吾与牛老三交，牛老三固仅欲吾长女，而卜老狼则必欲二女兼得之，始允为吾助。吾不得已，乃欲以二女易其五百金，议未就，而为二女所闻，遂至于死。吾以为其死之出于是也，而初不知尚有米有才所云殉母之一事。'

"于是吾父乃言曰：'贤哉二女！惓惓于其母，孝也；宁死不辱，义也；苟非其所有而不取，廉也。孝且廉且义，贤哉二女也。'"

众闻之俱叹息切齿，而哀二女之不辰也。

于是薇园复言曰："今以吾父之所以探得此案者，请更言之。吾父初闻吾母言，此二女子之刺血必非以寄米有才书，而必为欲留其一生之事迹于后世以告天下，则其血书必不在米有才处，而在其临死时所着之夹衣裤中。然此夹衣裤固无从得，若讯之吴飞保家，则彼必疑而毁之，是此案之证据，永不可得矣。乃使人诇诸各典肆中。盖豫俗，人死时所着之衣，必不以之入棺，以为将不利于生者，又必不以之自服，恶其不祥也，又必不以之焚化，盖以为如是，则仍与死者衣之以入棺内，将凭之以为厉也，则多付诸质肆。故吾父使人诇之，冀有所得，乃未几而果得之，吾母则亲为拆之，见有一纸血书曰：

22

天愁地惨，无可容身。苟洁吾身，虽死不悔。吾二人固同此志也。

"字迹韶秀而端严，唯略带支稚，决为二女自书无疑。于是知此二女子之贞洁矣。然益致疑于吴飞保，而颇释疑于有才，以为此压发针之真为偶合也。乃未几而牛老三之事起。牛老三与卜老狼者，固东省积年之巨匪，而近来潜踪于豫省者也。吾父未到任，即闻其名，甫到任，即因金富探知其居处，欲设法禽之。特以此案起，布置未及精密耳。乃未几而牛老三被杀，吾父验其尸，而忽触其貌之与所谓饮酒于吴飞保家之少年人，乃使金富更往访之，已而众口皆言其似，而密探诸牛老三家左右，又知有一精神壮健顾而长有黑须之人，于去冬数来牛老三家，其状与吴飞保又极相似也。于是吾父知此案之必与牛老三、吴飞保有关系矣。已又思卜老狼、牛老三二人，自至豫省后，窃案累累，莫能破获。吴飞保苟与卜老狼为党，则必与窃案亦有关涉也。适贾公馆以前时被窃，求吾父追失赃甚急，乃一查贾公馆被窃之首饰，其三正与吴飞保家之物同。于是吾父之所度，乃益信之不疑，而断然拘二人以质之，而不意其果以是获破案也。然方吾父查得贾公馆失窃物时，以为二女子实归心于米有才，而不愿嫁牛老三、卜老狼耳，而孰知其更有所谓殉母之一原因在也，此则并吾父之所不及料者也。故曰：侦探者，能十得七八，或五六，得其办案之端绪而已，必谓举全案而烛照数计之，无是理也。"

于是众咸拍案叫绝曰："神奇哉此案，神奇哉此案。贤能哉是官，贤能哉是官。是直居堂皇而为侦探者也，又岂西方之歇洛克所可方哉！"

薇园曰："且未已也，尚有一端绪，可为诸姊妹益神智者。方此案破时，金富谓吾父曰：'吾辈若早思及其尚有父母一层，则探案更有一端绪，不至误以米有才为罪人矣。'

"予父曰：'何故？'

"金富曰：'即二女子周身自顶至踵，无一非素色之物是也。不然，岂有处女而挽髻，固不用红色之绳系之也哉？'

"吾父怃然曰：'使当时若得此，亦徒以为是为米有才之母戴孝而已，其误且益甚，而又安见其为无误也。故证据之不可以误用也，如是。'"

捷真乃太息曰："异哉是案，吾因此而弥忆西方大侦探家之言也，曰：凡奇案必与妇人有关系。"

慧真曰："斯固然也。虽然，此案固犹妇人为构成之材料，而未尝以妇人为主动力也。吾请更述一案之以妇人为主动力者，则真可以当中国之女歇洛克之名矣。"

白 玉 环

薇园述毕，时已十一点钟。捷真起而言曰："时晏矣，可以归矣，更有清谈，请俟明日。"

众不可。

予曰："今夜盍宿此，为长夜之乐乎？"

众起而决议，以投票决多数，可者二人，不可者亦二人。乃更起而拈阄，以二纸书一"留"字，一"去"字，公举予拈之，得"留"字。众然后留。于是予更命婢瀹佳茗，备鲜果，移几置庭中，众共啜茗坐。时一轮皓月高悬太空，举头相对，尘襟尽涤矣。

予既得良朋相共，骤出户外，吸新鲜之空气，不觉心神为之一爽，乃复倾耳以听慧真所述。

慧真乃言曰："距吾乡百里之无锡，有商人黄姓者，名幼侯，乡人也。初甚贫，娶妻某氏，生一女，鬻于常熟卢氏为侧室。妻卒，无力续娶，乃只身投布店为伙。以性善贮蓄，渐富，乃亦自设一布肆，尽力经营，颇获盈余，更娶妻齐氏，年仅二十有七耳。逾年，生一子，名长夫。

"越二年，而幼侯卒，年五十有七。临终时，托孤于其友某，曰：'以吾子之幼也，吾妻之少也，吾与子相处二十年，知子之心，今其以是累子矣。'

"因泣。

"友亦泣曰：'有我在，君其勿忧门户也。'

"幼侯卒，友为之经纪其丧，且综窍其财产，知其布肆不能更设，乃尽货其肆中所有，而获五千金焉。以三千金为购宅一区，赁与一乌姓者，设一米肆，月得赁金二十元，而以二千金为储银肆生息焉。

"匆匆七年，而其友又逝。

"于时此茕茕之孤嫠，益无所依恃，然而厄运之来，正未已也。越五年，而幼侯之妻又逝。

"方是时，幼侯之子，年十有五矣，愿而好弄，读书不成。其姊卢姨娘，特自常熟归，为之料理，且商诸其舅齐隐夫曰：'若之何而可以安是子也？'

"其舅乃为之谋，欲为幼侯子觅一童养媳，使之同居，俟免丧而后成礼焉。

"卢姨娘许之。

"已而卢姨娘归常熟，其舅寄以一书曰：'吾自别后，已为吾甥访得一佳偶，曰汪遥保，有殊色，且最贞淑，其父已死十余年，其母何氏，予表姊也，以贫故，愿以其女为童养媳，但求女嫁后给饘粥而已，盍试图之。'

"卢姨娘复书曰：'此事吾一无所知，无从遥制，唯吾舅图之。'

"议既成，遥保遂归于黄氏，时年十有七，长幼侯之子二岁。"

薇园曰："聆汝所述，直一人家家常事耳，安足为异？"

慧真曰："固也，待吾言之。"

慧真续言曰："遥保既归黄氏，越三日，而幼侯之子晨起，

26

忽得一匿名书，书中所言，极可骇异，其书曰：

> 长夫君乎，君其速去君所居之宅，君所居之宅甚凶。吾曾见一黑衣女子，仿佛甚巨，身亦黑，衣亦黑，裤亦黑，履亦黑，其所系之带亦黑，其颈项亦黑，面亦黑，手亦黑，目炯炯有黑光，耳与鼻中有黑气出，手携一黑色大锄，掘地埋一尸，尸色甚白，仿佛见其亦甚巨，与此女子略相等，而眼唇微瘪，若重有忧者。吾见之毛发森竖，方知此宅之甚凶也。长夫君乎，汝其知之，汝其知汝所居之宅甚凶，汝其速还居以避之，不然，祸且至，汝父之所以入此宅而不久即死者，亦此故也，汝其志之。

"长夫得书大骇，私念：'吾此宅岂果凶邪？吾父入此室而不久即死，事诚有之，然何以吾母绝不为吾一言，岂吾宅之凶，吾家中人不之知，而外人反知之耶？抑谁为此书以戏我邪？惑我邪？究之作此书者何意？殊不可解也。'

"踌躇之际，心郁郁不自得，乃急以原函寄其姊，而录一通置箧中，惘惘而出。

"越三日，临晚，遥保自母家归，长夫急以书示之，曰：'卿以此书为何？'

"遥保读之，亦骇然，已而曰：'若家上世会有仇人乎？'

"曰：'无之。'

"曰：'得毋有之，而为君所不及知者乎？'

"曰：'若然，则吾母亦当言之矣，然卿以为此书固仇人所诈邪？'

"曰：'是亦仅臆度之词耳。'

"曰：'果系仇人，致我此书何益？'

"曰：'是未可测，或就其所最浅者言之……'

"言至此，忽面发赪，若自悔其失言者。

"长夫固问之，乃不得已而言曰：'吾就吾之所臆度者言之，君勿怪也。仇人之为此书，或欲使君宣布此情节于外，而伪为鬼魅状以杀君耳。'

"遥保言时，盈盈欲泪，若不胜悲者。长夫窃讶之，以为此书诚可怪，然遥保视之，亦何至竟以为仇家欲谋杀我之证据，而悲怆如是邪？

"方欲启口慰藉之，遥保忽又定神问曰：'然则翁死时固何疾邪？'

"曰：'内伤症也。'

"''君知其得病以至弃养之始末乎？'

"曰：'吾不之详也，但闻其系内伤症耳。'

"遥保曰：'昔姑岂未尝为君言之乎？'

"曰：'未曾。'

"曰：'竟绝未提及乎？'

"曰:'未也,吾父之事,吾母素不乐言之,吾问及,辄含泪不语,或伤之甚而致斯也。'

"遥保曰:'君屡以翁之病状问姑乎?'

"曰:'不然,此吾仅问过一二次,唯吾父生平之事,吾当屡问之,吾母辄不欲详道,盖伤之甚也,吾后恐伤其意,遂弗复问。'

"遥保闻言,俨然若有所思曰:'君之父执,亦有知翁之病状者否?'

"曰:'自某伯亡后(即指幼侯临终托孤之友),亦无复知之者矣。'"

述至此,锄芟若有所思,起步,吸纸烟。众亦共嚼鲜果。

锄芟促慧真曰:"若何?姊速言之。"

慧真曰:"遥保又言曰:'然则翁体素壮健乎?'

"曰:'吾父体固强壮,特闻其内伤症则得之已久耳。'

"曰:'何人知之?'

"曰:'亦吾母言之。'

"二人言至此,忽闻窗外窸窣有声,俄而渐厉,不禁毛发森竖。

"遥保胆稍壮,急持灯呼长夫出户外烛之。长夫瑟缩相从。甫出门,火忽遭风灭,长夫大呼倒地,遥保亦失惊呼人,且行且呼,无应者。乃返入房中,取灯。方至门前,为长夫所绊,失足坠地。小婢闻呼声,秉烛至,扶之起。

29

"长夫惊稍定，遥保急问之曰：'君何所见而至此耶？'

"长夫曰：'吾固无所见，吾自得书以来，每一悬念，辄见一黑衣妇人立于吾前，仿佛甚巨，夜间每不敢独处，卿不知吾宿于友朋家者已三夜矣。'

"遥保大惊曰：'若已三夜不归乎？然则家中唯此一婢乎？'

"曰：'然。'

"曰：'以后慎勿为是。然君适问究何所见而致惊仆？'

"长夫曰：'吾仿佛见一黑衣妇人，在对面房中出，身形甚巨，又见一黑衣妇人立于庭前松树下。'

"遥保默然。少顷，曰：'黑衣妇人乎？君果见之乎？'

"曰：'吾亦不能自信，吾近来眼中，每至夜间辄如是，皆吾疑惧之心所致也。'

"遥保曰：'君灯灭后见之乎？抑灯未灭前见之？'

"曰：'灯灭后吾方见之，灯未灭时，吾固不至此。'

"遥保默然久之，呼婢持烛，三人共出烛之。至庭中，绝无所异。烛松树下，亦无所见，唯窗前见一块土，稍坟起，若为人所发掘者。遥保疑之，觅一梃拨其土，稍深，若有物碍梃，乃竭力起之。

"既起，不禁大惊，则此物非他，乃一画轴也。展视之，甫及半，长夫一见，失声呼曰：'异哉！此吾父之像也。何至是？何至是？抑何来？何来？'

"更展之，图中绝无他物，唯画一黄幼侯赤身不着一缕而已。

"长夫面色如土，几又惊倒。

"遥保及婢扶之归房，即大呼曰：'吾不敢居此宅矣！此宅之凶如是，安得不累及吾生命？'

"遥保亦相视失色，久之，曰：'今夜必无害，君姑宿此可也。'

"于是呼婢入卧室，三人相伴而寝。"

众听此怪异之事，不禁骇然，曰："异哉！天下事竟有若此其可怪者哉？是不特可以作侦探案，并可以作续《齐谐》、新《聊斋》矣。"

慧真曰："以如是奇异之事，而卒不越于人事之范围，亦可见天下无怪异之事，而向之所共惊为神怪者，特由真理之尚未发现耳。"

时夜已子正，薄寒中人，乃相将更入室。

婢瀹新茗至，众啜之。

慧真复言曰："明日晨起，而乌姓之来商名致生者，忽遣人来召长夫。此米肆后门，与黄氏居宅固相望，两家有纤悉之事，无不互相知。致生年六十余，以践履笃实闻，幼侯故后，黄氏之事，往往借其力，故往来尤稔。

"长夫是日闻召即往，入其门，则虚无人焉，门者不在也，乃直入其中堂，微闻致生与共妻语，其妻曰：'君果知其

为何事乎？'

"致生曰：'此何难知？以吾意度之，则黄家阿嫂事也，汝以为何如？'

"妻漫应曰：'容或有之。'

"长夫闻之大疑，方屏息窃听。忽闻致生起立，将出外，乃伪为甫至也者，呼曰：'致丈在家乎？'

"致生应曰：'在家。'

"遽出外慰之，曰：'汝家近有怪异事乎？'

"曰：'诚有之。'

"致生曰：'吾已知之，君辈少年不更事，故以为怪，若吾则见之熟矣，不足怪也。吾闻君欲迁居，切勿如是妄动，果如是，则正中奸人计矣。见怪不怪，其怪自败，且宜静以镇之。'

"长夫唯唯。"

众闻之，益骇愕。

捷真急问曰："果何故邪？"

慧真曰："待予言之。

"长夫归，急以告遥保，曰：'岂吾父之死，有他故邪？'

"遥保俯首熟思，少顷曰：'此等事可不必穷究，即究之亦复何益，致丈言宜静以镇之，当有所见，君姑从其言可也。'

"长夫信且疑，漫应之。

"越三日，忽得卢姨娘书，嘱长夫断不可迁居，亦不可径来我处，宜静以镇之。于是，长夫益疑其父死之有他故，而姊与致生皆微有所知矣，然迁居之念反自此而少息。是日午后，致生忽来访长夫。言次，劝其何不图一职业，既可以习劳，又借以避怪异，且能少博薪金也。长夫如其言，即以托之。更四日，致生来访，告以某钱肆现缺一学徒，可谋充其缺，乃请致生为之绍介，而成其事焉。

"既成，致生谓长夫曰：'是实吾小儿之谋也。'

"长夫乃诣致生之子名子彦者，谢之。

"子彦与长夫年相若，幼小共嬉戏，既十年矣，故交谊最密。

"长夫既供职钱肆，将近旬日，夜归，入门，时已昏黑，不能辨步履，冥行而入，甫及厅事，突见一人自暗中奔出，一人尾其后大呼曰：'汝贼邪？'

"前者飞奔而出，后者尾之，是声甚厉。长夫痴立不能语。

"少顷，见一人燃火柴自外入，见长夫，急问曰：'君在此耶？'

"长夫固熟识其人，仓促不能语，但曰：'谁？谁？'

"其人亦大惊。

"少顷，长夫乃悟曰：'子彦君邪？吾一时惊极不能语矣，勿见责也。'

"子彦曰：'怪极！怪极！吾为君言之。吾向者来访君，甫入门，即似有人尾我后者，吾潜察之，及厅事，觉果有人，乃返身伺之，其人转身匿室隅，甚轻捷，吾竭目力谛辨，以洋伞柄刺之，其人遽奔出，吾追之不能及。君何时归耶?'

"长夫曰:'吾即适间入门，君见此人之形状邪?'

"子彦曰:'吾亦不能辨，但见其遍身皆黑衣耳。'

"长夫闻'黑衣'二字，毛骨悚然。

"子彦去，长夫借其一火柴自外入，急以语遥保。

"遥保亦大惊，曰:'此宅真不可居矣。'

"二人相对无语。

"少时，忽一婢自外入，传致生命，召二人往语。

"长夫即偕遥保，急往致生家。在客座待刻许钟，致生及其妻始出曰:'黄夜相过，有何见教?'

"遥保骇曰:'适长者遣使召我，故来，长者岂未尝相召邪?'

"致生亦骇曰:'吾何尝召汝? 吾何尝召汝? 汝见谁来邪? 汝见谁来邪?'

"遥保至此，始大悟曰:'吾中计矣! 吾中计矣! 速归，速归!'

"致生曰:'且止，吾问汝，汝究见谁来?'

"遥保曰:'吾适见一婢传长者命召我，我一时匆促，不复审其为谁何也。迄今思之，长者家乃无此人，且今日……'

"言未毕，适子彦自外入，备述向者之事，致生亦大骇

曰:'遥姑娘且请留此,吾与长夫同往视之。'

"乃与长夫偕行,并呼米行中二伙往。至则遍处搜检,未失一物。

"致生谓长夫曰:'箧中之物,君能悉知其数欤?'

"长夫曰:'不能。'

"致生曰:'然则速请遥姑娘来。'

"既至,遍启箧笥,亦一无所失,最后检至一箱中,大惊曰:'此箱中尚有画一轴,今何往矣?'

"致生曰:'此何画?'

"遥保曰:'即前夕掘得之画,吾闭置此箱中者也。'

"致生大惊。"

述至此,众咸惊异不置。

薇园曰:"是有两途而已,非贼人垂涎于黄氏之贵重物,将以窃之;则是有人将谋害长夫,而故为是以眩人耳目也。"

锄芟曰:"何以知其将窃黄氏之贵重物?"

薇园曰:"观其费尽种种手段,终乃不过窃一轴画而去,其目的岂仅在此一画哉?特遍启箧笥而无一可窃之物,遂以此掩其形迹耳。"

锄芟曰:"然则姊以是为寻常之窃盗欤,抑非也?"

薇园猝不能答。

绛英曰:"是可决其非寻常之窃盗也,果为寻常之窃盗,焉有遍启箧笥,而无物可取者?"

锄茇曰："然则不能以窃盗视之也，若仅仅以窃盗论，则必不能并此怪异之事，亦指为是人所为，然则以前之种种怪异，又谁为之欤？"

予曰："此事之关节皆当在此一轴画上研究之，试思一小像，何以作裸形，而遥保又何以絮絮致诘于幼侯之病状也？然则是中殆大费猜寻矣。"

锄茇曰："试一研究之，此画何以埋之地中？而既自地中出，何以又窃之去也？此问题若解决，则于此案思过半矣。"

慧真起，啜茶拈海棠花嗅之。微笑曰："吾且缓述，听君辈评论之。"

众沉思半晌，不能对。

慧真曰："或如薇姊言，将劐刃于长夫之说较近之。"

锄茇曰："此中有一最紧要之关键，万不可舍却者，吾且不言，听慧姊更述之。"

于是众大哗曰："此子胸中必无所有，特妄自以欺人耳，不然，何故不言？"

锄茇曰："我非妄语者，苟欲为侦探，则谨言其首务也，宁当恃喋喋利口以自炫其所长邪！"

薇园曰："今日谁使汝为侦探者？即使今日为侦探，此时言之，亦谁则闻之。"

锄茇曰："自来秘密党人之所以失败者，皆以'谁则闻之'一语自误，而为侦探之所弋获者也，君辈乌知之。"

众复欲有言，慧真即为之解纷曰："吾亦知锄妹非妄言者，不如姑听我述之。"

于是众乃息诤。

慧真曰："当时众人睹此怪异，议论不一，或谓贼人之志在财产，或谓所欲不止此，或且以归诸神怪，劝长夫致力于祈禳。唯致生断言其志在盗窃，决无他虑，盖亦姑慰长夫等之心而已，卒乃使米行中二伙，伴长夫宿。"

绛英曰："是所谓贼出关门者也，焉有贼人于一夜间去而复来者？"

锄芰笑曰："是也。"

慧真曰："明日，长夫闷甚，遂至钱肆中请假三日，午后独坐书室中，阅《西厢记》，不觉心荡，忘其身在忧患中矣。适一婢送茶至，立书案旁，不去，风致嫣然。

"长夫遽以手招之，曰：'来，予与汝言。'

"婢不知其故，遽前，长夫遽搂之入怀。

"婢大骇，将呼，长夫以手掩其口。

"婢窘甚，格长夫之手，期期而言曰：'主人请听我一言，我有一言，急欲告主人，特来。'

"长夫不释。

"忽闻帘钩戛然有声，遥保已搴帘翩然入矣。

"长夫大惊，急释婢，婢双颊赤如火，垂首立片时，遂奔去。

"长夫愧甚，俯首不敢视遥保，少顷，乃游目一瞩之。

"则见遥保默然，含泪不一语。

"长夫且愧且悔，且怜遥保，亦垂涕曰：'卿将自此弃我乎？'

"遥保强止其泪，曰：'是何敢然，虽然，君若不能听我言，则不如听我以此时去。'

"长夫益觉愧悔曰：'自吾之身，丝发寸肤，亦唯卿所命。'

"遥保含涕曰：'若然，则此婢不可使复留此。'

"长夫闻此言，一惊，心脏血行忽为之一疾，然不能如何，乃曰：'唯命。'

"遥保乃挽长夫入内，召婢。

"婢已悉裹其所有衣物至，顿首谢。

"遥保见之，恻然，乃谓婢曰：'吾固知非汝罪，虽然，汝不可复留此。'

"因启箧出二金予之，曰：'绨袍恋恋，我固不忘故人，汝勿我怨也。'

"婢泣，拜谢曰：'婢子万罪，当死，蒙主人矜而全之，再生之恩，岂敢忘德，虽然，向者固非我之罪也，唯主人鉴之。'

"长夫赧然，遥保曰：'吾亦知非汝罪，然势不能复留汝。'因脱一约指赐之，曰，"此吾所常御，见此如见我也。'

38

"婢泣谢去。遥保复召其母告之曰:'此小女子不可更使处城市中。'"

锄芟闻言,以掌相击,曰:"吾向者之所度,更得一佐证矣,姊速更述之。"

时时计已二点钟。

锄芟因出告婢,使具小食,更入座,听慧真述。

慧真曰:"是日傍晚,长夫往访隐夫。隐夫处室中,召之入,则见其以帕裹首,坐胡床上,曰:'昨余从北郊来,堕马伤首,今尚未愈也。闻甥家迭遭怪异,有诸?'

"曰:'有之。'

"因备述之。

"隐夫曰:'是或有人仇甥,甥意奚若?'

"长夫曰:'吾将移常熟,往依吾姊,姊先虽有书止我,我弗听也。'

"隐夫熟思半晌,曰:'亦非长策。在家乡有亲戚故旧之可依,贼且猖狂如是,今尽室而行,我能往,寇亦能往。吾实告甥,甥女一女子耳,且为人侍,是安足庇甥也?吾谓甥不行,犹示贼以不可测,行则殆矣!甥以为何如?'

"长夫曰:'久居此,且不得一宵高枕寝!'

"隐夫曰:'是诚然,设更有怪,甥何不移居我家?我当助甥侦探之,否则我移就甥处,亦可耳。'

"长夫雀跃曰:'如是大善!'

"归告遥保，遥保不可，曰：'舅之居，湫隘不足以容我，就使真有贼，舅岂足以御之邪？是徒大言耳。'"

言次，婢持食至，众共啖之。既饱，慧真起，盥漱毕，坐而复言曰："时则有一魏媪者，帮江北人，侨居锡城北门外，年六十余矣，家赤贫，以附近居民之绍介，服役于乌氏，性粗鲁，不解事，每有命令，未尝不误也，以是致生家颇厌之。

"甫三日，即遣之去，魏媪不肯，曰：'主人若遣我去，是使我馁死也。'

"坚不行，致生不得已，乃转荐诸长夫家。时长夫家正无人服役，乃姑用之。魏媪性愚戆，且年老，耳不聪，目不明，行时常伛偻，一举足，则咳两三声。然性勤苦耐劳，服役不辞劬瘁，遂留之。越日，遥保晨起，使汲水灌花，有牡丹一盆，最珍爱，常躬自检点，魏媪遽失手碎之，遥保失色，躬自料捡其残土，仍植之盆中。

"是时距遣婢之时，已七日矣，长夫自钱肆假归，适子彦来访，以长日无事，将同游惠山。时正上巳日也，天朗气清，惠风和畅，披襟当之，联步出郭，意至乐也。无何，见一人短小精悍，长仅三尺余，潜自后尾之。子彦眼疾，见之颇疑，乃挈长夫席地坐，则见其人已远去，遂以为或同游惠山者也。坐刻许，前行，则见其人仍憩前面林中，见二人过，亦不行。长夫、子彦行半里许，回首潜伺之，则见是人又逐人群中来，见二人，旋转身西北去，长夫、子彦乃更前行。至惠山，品茶于云起楼，遇一老者，谈片刻而返，此老者与同行半里许。

"明日，长夫又往访子彦。值子彦赴乡初归，一车夫御之，至门首，子彦给以三百钱而去，遂与长夫同饮于酒楼，二鼓始归。

"长夫归，魏媪递一书至，启视之，则卢姨娘书也，书云：

> 弟可速来，此间居址，已一切为弟布置定妥。姊不日尚有湖南之行，弟若来，须尽十五日以前。

"长夫得书大喜，以示遥保，曰：'姊为我先事预筹如此，吾安可逆其意？请卿检点行李，明日当走别亲友，偕卿买棹作虞山游耳。'

"遥保接书视之，不乐，掷书于案，作娇憨态曰：'吾不欲往。'

"长夫者，实懦而无能之人也，睹家中种种怪现象，久已心死魂消，闻卢姨娘邀其避难虞山，俨如死囚遇赦，及闻遥保泥其行，又若出之生地而置之死也。心愤甚，且见遥保娇憨之态，不禁回忆小婢之堪怜，又益怒，于是严切而问之曰：'卿不愿去，何意？'

"遥保曰：'我不愿去则不去矣，有何故？'

"长夫益怒曰：'死生亦大矣，儿女子何知？明日汝敢

41

不行！'

"遥保闻言，面壁大哭，曰：'吾入黄氏门，未一月，何负于汝？而反颜相向若此，请去！'

"长夫闻言，含怒而出。

"此纷扰殆达一夜。

"明日犹不止。

"魏媪乃进言于遥保曰：'盍取决于汝母乎？'

"魏媪性质直，遇人辄尔汝之，长夫等弗之怪也。

"于是使魏媪告何氏，何氏方卧疾，曰：'请汝主或遥姑娘来，吾当面告之。'

"魏媪曰：'吾新至，主人颇疑吾惰，或将谓我未尝来也，请以一字付我。'

"何氏乃倚枕作一书与之魏媪归，以呈长夫，其书曰：

使来传语已悉，请面临一谈。

"书法极妩媚，绝不似老年人书也。

"下午长夫诣何氏，至中庭，则隐隐闻诟谇声。

"长夫颇异之，乃隐身潜听之，但闻一男子曰：'汝竟负我至此乎？请试吾刀！'

"声疾而颤似甚怒，且似甚习闻其声者，但仓促不能辨。

"旋又闻一女子曰：'吾岂敢负汝，然此岂仓促可得者？'

42

"其声呖呖，可确辨其为何氏声。

"长夫骇甚。

"但闻此男子又曰：'吾亦非狂愚者，此事岂能欺我？'

"其声犹怒，且极似隐夫。

"长夫愈骇，乃潜步出门，及门首，又闻何氏长吁声。

"长夫值此怪异，乃立对门一树荫下潜伺之。久之，见隐夫昂然而出，面色犹怒。长夫骇异已极，乃姑入见何氏。

"时何氏方卧疾，见长夫至，强起坐，曰：'闻汝近有迁居之意，信乎？'

"长夫曰：'有之。'

"何氏曰：'何为也？'

"长夫备述其故。

"何氏曰：'以吾观之，怪异之事，何时蔑有，今汝至迁居以避之，亦太轻躁乎？吾只此一女，今老且病，谅不复送我死也。'

"因大哭。

"长夫一时无可置对，且睹向者之怪异，心志忐不宁，乃姑敷衍之曰：'吾亦第有其说耳，未必果行也。'

"何氏大喜，遂坚其约。

"长夫出，乃飞奔子彦家，途遇之，偕至僻静处，告以向者之所见。

"子彦曰：'汝舅吾固知其非善类也。'

43

"盍偕往伺之。

"于是二人同行，赴隐夫家，将及门忽见一颀然而长者，匆匆入。子彦曳长夫蹑其后，伏檐下伺之。

"但闻此颀而长者曰：'汝物竟何如矣？'

"隐夫默然，良久曰：'犹未可得也。'

"其人曰：'再三日不得，吾决使汝上山矣！'

"隐夫曰：'历年久……今何往邪？'

"其人大声曰：'汝历年之财帛何往？'

"隐夫曰：'吾安所得财帛而……'

"言未毕，子彦忽曳长夫，令速出外。长夫怪问其故，子彦掩其口。长夫大骇，子彦指梁上示之，长夫仰观，则见有物漆黑，狙伏如一猫，而大十倍。谛视之，人也。

"长夫毛骨森竖，急急出门，面色如土。子彦乃约其至附近茶肆中一谈。

"时则天色已渐昏黑，行行益入于南郊，长夫心怯，曰：'此去得毋荒僻邪？'

"子彦曰：'无妨，此去四十里，皆吾熟游地也。'

"于是两人至一茶肆中小坐。适天雨，雷声殷殷，两人遂促膝密谈。

"长夫曰：'今日之事，果何故邪？'

"子彦曰：'汝舅，吾固知其非善类也，今日之事殆为分赃

44

不均而起者。'

"长夫骇曰：'盗邪？'

"子彦曰：'非盗而何？今日之语，非盗而何？'

"长夫曰：'吾家之事，得非彼所为邪？'

"子彦曰：'是则不然，君非有家，奚足窃者，且君家固未失物，仅此一轴画，彼岂窃之？'

"长夫曰：'然则，吾妻其可恃乎？'

"子彦囅然曰：'是何多疑之甚也。'

"长夫曰：'然则，隐夫何为而入其母之室邪？是必有故。'

"子彦闻此言，乃谓长夫曰：'是则君之明鉴矣，不然，吾固不便言之。吾以为今日前后左右，殆有协以谋君者，虽不能确知其为何许人，何如事，而以事理度之，则殆有必然之势矣，君以为何如？'

"长夫大惧曰：'然则何如？'

"子彦曰：'吾以为君不如暂出避之，虽然，君不可明言其所往。君盍如常熟依君姊，而谬言君之父执，有书招君将他往者，万勿言其谋之出自我。不然，贼将不利于我，我纵不惧，独不虑贼之因此而知君之踪迹乎？君今者谬言以父执之招，而潜如常熟依君姊。拣家中略贵重之物，悉携以行，而后以一纸书归，赁君宅于人，而送君夫人于其母家暂居，随后再探听消

息，知此事为谁之所发也，则何如？'

"长夫闻计，雀跃称善，曰：'此计宜何时行？'

"子彦曰：'宜速，宜秘密，舍我二人外，勿更使人知。'"

慧真述至此，忽闻鸟鸣声，庭树亦箫槭震响，盖风起惊栖鸦也。视时计，已三点半，听击柝，则四更矣。

时予虽新病起，亦毫不觉疲，乃稍起散步，听慧真更述。

慧真曰："二人既定计，乃给茶资出茶肆。时虽仅八点余钟，然以道僻，几无行人，回顾茶肆中，亦仅一老而耄者，拥一壶茶坐室隅耳。

"孰意长夫既归，则又有一怪事：则见遥保面色如土，独坐灯下啜泣。

"长夫怪问之，遥保曰：'又得一怪异之事矣，此宅吾一日亦不愿居。'

"因掷一书与观。

"长夫展读之，书曰：

　　遥保读悉，天地人丁有直心，五口之家，今虽贱，已无屋可居矣。吾昨见鬼，权之计重一百斤，汝勿谓汪氏之竟无女子也。

"长夫读之，大骇，曰：'此书较前书，益不可解，卿以为

46

何如？'

　　"遥保曰：'吾不敢更居是宅矣，请与子明日即行。'

　　"长夫闻言，踌躇言曰：'明日即行，不虞匆促邪？'

　　"遥保怒曰：'性命且不可保，尚虞匆促邪？'

　　"长夫怀疑而寝。

　　"明日往访子彦，告之，子彦嗫嚅久之，曰：'吾与君至交，不敢不告，即尊夫人亦非善类也。吾实告君，君舅固盗，君夫人亦盗，君岳母亦盗，至与君舅相诟谇者之为盗，则不待言矣。是四人者，必协谋以杀君，而窃君之财，其中细情不可知，而大致则不外此矣。君自度能与此诸贼战乎？'

　　"曰：'不能。'

　　"子彦曰：'此其设谋必极巧，所以留君而不即使君行者，彼辈之布置尚未周密也。今则劝君驾，其机既张，省则释矣，君果行也，必危。'

　　"长夫曰：'然则何如？'

　　"子彦曰：'三十六计，走为上计。'

　　"长夫曰：'走何以免？'

　　"子彦曰：'君今日伪为与君夫人偕行者，归而检点行李，悉具。迨午后，我自使人至君宅，传何氏暴病，君夫人必归，君则觑彼行李中，最轻便而最重要者一二事，携以行，直赴南郊外十里，于路有一茅亭，吾将于彼待子，设法送子行也。君

所遗之财物，吾必商诸家父，设法为君守之。盖君既潜行，则君家必相讶以失君，而君夫人亦不能起行矣，君以为何如?'

"长夫拊掌曰:'周密哉，子之计也! 岂敢不从命?'

"子彦曰:'君此时速归，吾为君觅一妥仆，送子至常熟。'

"长夫诺之，乃遽归，与遥保共检点器物，为行计。

"饭后，忽有人来报曰:'何氏患重疾矣。'

"遥保惊问何疾，魏媪曰:'闻诸传命，谓为隐夫之所伤也。'

"遥保失色，乃置手中所携一小箧于箱而锁之，升舆遽去。

"遥保既去，长夫乃拣衣物数事，并遥保所拣之物，略贵重者，悉携以行。径赴南郊外十里，至则果有一茅亭，乃解装暂憩其中，静待子彦之至。

"少顷，见一人颀而黑，有微髭，年约四十许，贸贸然来曰:'君其黄长夫乎?'

"曰:'然。'

"曰:'我乌公子所使送主人赴常熟之仆也。乌公子尚在前面林中相待，请同往。'

"于是此仆代长夫携衣物前行，导长夫行半里许，仆忽大呼，长夫趋视之，仆出不意，猛挤之，遽堕眢井中。"

慧真述至此，众大骇曰："此岂非盗之所为邪？其诡谲之手段，一至于是，非有绝代之大侦探家，不足以破之，何所云之东方女福尔摩斯，尚未出见耶？"

慧真起，整襟而坐，曰："请为子别起一波。斯时长夫既堕瞽井中，水没过腰际，深黑不见一物，心悲愤，自分必死而已。已而觉有手自暗中曳其体者，大惊遽昏绝。

"是时益南五里许，林中有少年男女二人立，矫首遐观。

"忽又见一乡人负衣物来，憩于丛林中，一少女自远来会之，二人相聚于林中，喁喁私语，面色灰败，作不胜惊讶状。约一刻钟许，此少女曰：'无可奈何，行矣，事至此，尚何言？'

"二人正欲起行，忽一老者自后起，狙击之，中少女之脊，大呼踣地。此乡人大惊，急反身敌之，相持刻许，力不胜，亦为老者所仆。正在这时，最先立于林中之少年男女，遽一跃而前，疾以梃自后击老者，老者亦仆。"

述至此，薇园不复能忍，问曰："此五人者，果何人邪？于此案又有何等之关系邪？"

慧真笑不答，曰："长夫绝而复苏，举目则所见皆异，非复在瞽井中，亦非在其家，但见竹篱茅舍，宛然村居风景而已，回顾向所遣之婢低鬟含笑，侍立于旁。

"长夫至此，忽觉千万缕情丝萦绕脑中，紊不可理。仓促

49

不能语，但曰：'何德再生我?'

"移时，闻门外笑语杂沓，履声迤逦而来。长夫欲出窥之，婢禁不可，曰：'君生命尚未保全，又欲作闲云野鹤邪?'

"长夫乃止。"

薇园曰："此婢岂侦探邪?"

锄芰曰："非是。"

薇园曰："何以知之?"

锄芰曰："请听慧姊述之。"

慧真曰："婢转身去，移时更至，曰：'请主人少饮以压惊。'

"长夫从之，入一室，则不觉大惊。盖此时环而坐者非他，一卢姨娘，一不相识之男子，又有负伤席地坐者三人，一汪遥保，一齐隐夫，一乌子彦也。

"长夫骇愕，不知所语，转疑身在梦中，卢姨娘招之并肩坐，曰：'弟生命几不保，今幸无恙矣。且饮此杯酒，为弟庆更生。'

"酌杯酒饮长夫，长夫立而尽之。

"卢姨娘招长夫及婢坐，并子彦、遥保、隐夫等，亦招使同饮，曰：'诸君请各自述，吾亦当具以踪迹相告。'

"隐夫乃首自述曰：'予吴中之大盗也。吾党之规则，有指臂相使，大小相维者。党中立大首领一人，由众公举，终身任之。而大首领以其权力，支配各党员，各党员又有绍介新党员之权利。凡首领必有一暗为标识之物，分布各党员，各党员恃此为符，则有以证明其为本党之党员矣。凡党员又得以此信物转给新党员，新党员恃此为符，则有以证明其为愿入本党之新党员矣。迨新党员立功后，则由转给信物之旧党员，报告于大首领，而大首领给之信物，由是确认为本党之党员，权利义务，与旧党员一律平等。否则纵有党员转给之信物，其党员之资格，犹未可谓确定也。凡吾党所图之事，皆非如明火执仗者流，操蝥弧以杀人，往往处心积虑，图之若干年，而后破其家，杀其人，取其财。而党中规则，又极严密，故吾党成立数十年，鸿飞冥冥，卒非弋人之所能篡也。然积久而弊亦渐生，何以故？则党员渐众，其人不皆能以沉密处之。于是大首领复创一新法，凡党员之受有信物者，五年必一验，虽现在转给新党员者，亦必取回受验，而后可更给新党员。此五年之期，大首领因以查核党员之行为，而施其赏罚，于是党势又借以维持于不敝者十余年。后党员滋益多，蔓延数省，大首领居中央部，难于遍验信物，乃更设符信员二人，专司检验信物之事。久之，则又有其弊焉，非符信员恃势以凌众党员则党员行贿于符信员，而检验几成虚设。此吾党之党势，近来所以日岌岌有解散之忧也。

　　"'吾少好色嗜酒，落魄无以为生，乃入本党谋自活。时有流寓女子路氏者，母亡兄死，孑然一身，吾劫而私焉。迨后闻幼侯致富，乃隐图之。幼侯之富，亦非以勤力致也。渠前佣于布肆，肆主死，因通其妻，而乘机窃其金珠一匣，自此绝不复往，故肆主之妻深恨之。幼侯既得财，小出其资以营运，而其余悉埋之地中。予知幼侯之有藏金，而不知其处也，乃饰路氏为吾妹以嫁之。后幼侯悉以藏金之处告路氏，路氏乃潜掘之，以遗余。

"'余得金后，又别眷遥保之母，而与路氏疏，故路氏恨予特甚。始予之受信物于党也，乃一小白玉环。路氏嫁幼侯，特以遗之，而路氏窃幼侯之裸形画像一轴以遗予，所以示相要，不相悖也。后幼侯事布业益富，将益资本以营运，迨掘地，则藏金俱失，大恚恨，遂抑郁以死，然终不疑其妻也。幼侯以始拟益资营运故，入货已定，而掘资不得，遂至亏累，以是殁后布肆不能更设。后得其友人为经营之，弃其布肆，而使路氏仰给于遗产。时路氏以我相弃故，乃靳白玉环不予我，我百计求之，终弗得。迨今年而路氏死矣。

"'路氏既死，予益窘，乃告何氏，使其女遥保为长夫妇，而谬言何氏为吾表姊也。初予与何氏私，既复以何氏年渐长，更涎其女。遥保不愿从我，我数强挑之，故何氏及遥保咸怨我。及是我哀恳之，许以若获白玉环，则言于大首领，以遥保为新女党员，有如不信者，请获新女党员之籍，而后以白玉环予我。吾党中极重女权，凡获女党员籍者，其权利视寻常女子为优。遥保艳之，乃许我。我乘幼侯之初死，思因此可以生波，乃作一匿名书投长夫，即长夫第一次所得也。后更以幼侯画像畀遥保，使埋之地中，而更掘得之。凡此皆作种种怪异之事，以眩人耳目也。后微闻遥保私于子彦，予心甚愤，乃潜往察之，为所觉，以洋伞击我，我走免，适长夫亦归。

　　"'时值符信员至，将验吾信物，而吾信物不可得，许贿之。符信员少其数，殴我伤首。我屡迫何氏及遥保索之，卒不可得。吾乃致第二次决绝书于遥保，限以二日不得，必致之死地。所谓"天地人丁有直心"者，天地人言三，丁言不，以不字四画，而自甲乙丙顺数至丁亦四数，此吾党中常用之隐语也。直心者，悳（德）字也，以德与得同音。"五口之家"，言吾。"今虽贱，已无屋可居"者，以宓不齐字子贱，宀，古训云，交覆深屋也，宓而无屋，宁非必字乎？"吾昨见鬼，权之计重百斤"者，易言载鬼一车，车与斤合成斩字也。"勿谓汪氏竟无女子"者，汪从水，水与女合成汝，合而读之，则"三日不得，吾必斩汝"八字也。后侦得遥保及子彦将启行，吾度其必使我上山。上山者，以党员之罪，告之大首领，俾获惩罚，亦吾党之隐语也。吾为之大惧，乃思乘其出行也，截而夺之，否则有死耳，而不图转为君辈之所擒也。则其谋吾不知矣。'"

述至上，此众共骇叹，阅时计已四点钟矣。

众饮茶，复听述。

慧真曰："隐夫述既毕，子彦惭赧不能发一言，遥保乃代为之述，其言曰：'吾所以归黄氏者，俱如隐夫所述，至两次匿名书，则均系吾母所为，吾故熟识之。前云翁之病状，有足致疑者，亦以疑长夫也。至画像埋之地中，而故又掘得之，暨掘得之后，更为人所窃，则均系吾与隐夫所为。然吾夙恨隐夫，所以暂从其谋者，以觊女党员之后资格也。已乃与子彦定谋，将首隐夫于其大首领。凡党中规则，苟非深知其人足以为新党员者，不能以党中事告之。而新党员之立功者，亦不能不为之报告。由大首领给与信物。故隐夫之以党中之事，泄之吾母，暨既获幼侯之财，而私用之，并不为路氏绍介，皆违背党中规则。苟使上闻，隐夫且获重罚，而吾与吾母及子彦，皆将获有新党员之资格，此操券可致者也。故白玉环，吾尝谨藏之，然以隐夫亦时谋窃取，置之箧笥，皆非善地，故藏之花盆中，以此出人所不意，且可随时察视也。吾与子彦往来，交情颇密，此婢颇窥见之，吾恐其告长夫，因时尾之。一日，适见其入书室而不出，乃潜入以伺，则见长夫搂而与之语，遂借词遣之去，自是而吾与子彦益往来无忌矣。盖子彦先尝告其父致生，为长夫谋钱肆之职，亦以此也。不谓隐夫以不获白玉环故，恨甚，遽致我决绝书，限我以三日不得，则将以白刃从

54

事。吾不得已，乃与子彦谋，促长夫行，将杀长夫于途，而吾与子彦乃以白玉环首隐夫于其党也。何图布置已定，忽传吾母为隐夫所伤，吾大惊，乃置白玉环于一小匣中，而归视吾母。迨归，吾母故无恙，及再赴黄氏，而白玉环已失矣。不得已踪迹子彦，而告之于林中，为隐夫所袭，以及于此。'"

众闻此言，咸惊愕曰："异哉，此案也！请更述所以探得之者。"

慧真曰："是时卢姨娘乃出一白玉环，示众人曰：'此党中信物邪！'

"众咸骇然，曰：'其何以得之？'

"卢姨娘曰：'毋讳，请聆我言。'因面长夫曰，'弟自以为黄氏子耶？非也，弟姓陈。'因指不相识之男子曰：'此汝兄。'指婢曰：'此汝妹也。'

"长夫大骇曰：'此言何来？'

"卢姨娘曰：'固也，待吾言之。昔先父以无子故，养弟为子，此事人皆不之知，唯吾父及路氏及吾知之。吾父之死也，吾固疑其有他故，特遍访不可得。如致生等，则皆致疑于路氏之毒之，然吾父病已久，又阅医家为吾父诊疾之脉案，则确系忧劳成疾，并非中毒，事亦遂寝。迨近闻有种种怪异，吾知其事之必不妥，乃托汝兄侦察之，汝兄乃使汝妹伪为婢，以侦汝家事。汝妹既探得隐夫、子彦等之隐谋，以子彦常邀汝饮食，虑彼之或中汝以毒也，乃乘间入书室，将告汝，汝遽搂而调之，汝妹大窘，已而为遥保所见，遂遣之归。吾闻之大惧，以隐夫等之为胜利党员，吾初不之知，而胜利党之为害，则吾微闻之也。乃亲赴无锡侦其事。汝尚忆耳聋目眊之魏媪乎？此即我也。'

"长夫大惊曰：'此姊耶？何以作如许老耄状？'

"遥保等亦大惊。

"卢姨娘曰：'吾既侦探此事，第一当查得者，即隐夫之符信果为何物，及藏于何处是也。吾细察遥保，见其他物皆不甚注意，唯牡丹一盆，时眷顾焉，若万金之重，吾知此泥中之必有物矣。顾遥保伺察严密，欲发而视之，殊不获间，乃伪失手碎之，而遥保惊愕，殆无人色，吾于是益知其中之必有物也。迨上巳日，汝与子彦同游惠山，吾颇疑其将杀汝，汝与子彦不尝遇一短小精悍之人，暨一老者乎？此皆汝妹也。'

"众闻之，又大惊。

"卢姨娘曰：'吾斯时已料子彦、遥保之必将杀汝，然不知其何道之从，乃使汝兄潜尾之。一日，汝兄伪为车夫，御子彦赴乡，见其留心察视一瞽井，又熟视途径，知其必尸汝于是，特不知其何时发也，乃伪为吾一书，自常熟来者，促弟迁居以觇之。'

"袖中因出二木章，曰：'此吾伪刻之邮局木章也。已而遥保不肯行，吾乃知其事之尚缓，因思更觇何氏之意以决之。值汝与遥保争辩不休，乃托为取决于何氏，而得其亲笔书以归。

以较汝所寄第一次匿名信，笔迹虽如出两人，然其实笔意相同，为一人故作两种书，而非两人所书可知。于是知匿名书等，皆隐夫、何氏之所为矣。已而汝兄伏隐夫家梁上，闻一符信员及隐夫之争辩，知事机又急，乃潜以告吾。而是日适得第二次匿名书，遥保遂促弟行，吾始知事机之后间不容发矣。方汝兄之伏隐夫家梁上也，实亲见汝与子彦来，潜听隐夫之言，已瞥眼见汝兄，又相将遁，乃伪为白发老者，随汝于茶肆中，备闻子彦促汝速行之谋。吾乃使汝兄暗随子彦，顷刻不离，实亲见其乔装为四十许人，而挤汝于眢井。是时非不能擒子彦，特以如是则遥保难获矣。乃使汝妹拯汝，而吾与汝兄仍潜随子彦而行，不图并隐夫而亦获之也，此则又出于意计之外者也。方伪信之至也，子彦之所谋，吾知遥保亦必知之，乃伪言何氏为隐夫所伤，使稍异其词。遥保乃不敢不归，并不敢携白玉环以往，虑或为隐夫所遇而夺之也。吾乃得乘间窃之，而此白玉环俨然在我掌中矣。'"

予叹曰："此等深奥曲折之案，虽使福尔摩斯遇之，亦当束手。顾乃以一侨居异地、暂归故乡之女子探得之，谁谓华人之智力不西人若哉？"

锄芟曰："此等案情，貌似艰深，实夹有可寻之端绪。试思一裸形画像也，既埋之地中，又启箱窃之以去，此等事非家贼与外贼勾结，其谁为之？迨小婢送茶给长夫，而遥保遽搴帘而入，则其中有所不足久矣，又何难窥其隐情哉！"

枯　井　石

话既毕，天已黎明。予辈方拟小睡，忽闻叩门声甚厉，急使婢往视之，已而门者入报曰："县学场郭宅被盗矣，所失甚巨，计数千金云。"

众大惊。

予与慧真、绛英等雀跃曰："此岂非一侦探之好资料耶？予辈盍同往视之？"

乃六人相将往。

郭宅者，先从兄之岳家也。先从兄之岳父曰悠文，年七十四矣，体肥，善饮啖，以肥人闻于常州。生二女一子，长女即从嫂，次名荷官，以六月生也，年十九。子最幼，名梅官，九岁耳，侧室所生子也。悠文少宦于湖北，年五十八，始解组归，六十五而生子，今其侧室亦已云亡矣。其居宅凡四进，第一进为厅事，第二进为悠文长兄之子所居，第三进为悠文次兄之子所居，第四进即悠文居也。宅之后有一大园，纵横各三丈许，四围练以土墙，卑而不坚。墙外又多流寓之江北人，筑草屋以居，性好盗窃。故郭氏合宅，咸有戒心，恃第四进中堂之后门，通于园者，肩键极固而已。

悠文所居之宅，凡五间。南向，其最东，则荷官、梅官之书室也，荷官督弟读于是。次东为悠文书室，中为堂，次西则悠文所居，最西则荷官及梅官所居也，凡重要物件，咸藏于是。旁有东西向之室，则杂物所贮，及婢仆所居也。悠文家佣婢仆三人：一庖人，司炊爨；一女仆，姓殷氏；一婢，名镜花。

是日，予辈六人往，入其室，则悠文叹息曰："噫，予死矣！"

予惊曰："何至是？"

悠文曰："有如是奇异之事，生命尚可保耶？恐藏头于颈，夜半有力者将窃之去矣。"

众大笑。

悠文曰："予昨夜睡至四更时，忽闻自中堂通后园之门震响，声甚厉，急呼仆人往烛之，殷妈及镜花同秉烛往。甫及门，烛为风灭，镜花大呼倒地。荷官亦闻声惊起，往烛之，则镜花面无人色，云见一黑影来相扑，故致惊倒。门故以巨木关之，加锁钥焉，及是无故自开，关及锁均不知何往。急虚掩之，遍烛室中，未失一物。时庖人亦起，使烛后园，则关与锁钥，均抛弃焉。以为是穿窬之盗潜伏家中，图窃未遂，拔关而逃者也。乃闭门复寝。及今晨醒，则予枕畔银币二百元，已不翼而飞矣。先是予以应用故，自西门久安钱肆取银二百元归，尝置枕畔，已三日矣。昨夜闩响时，予检视之犹在，及今早竟不翼而飞，岂非一大怪事耶？窃物者之手段，高尚如是，虽妙手空空儿不啻矣！纵藏头于颈，又何难窃之而去耶？"

众大骇。

绛英曰："闻门响以后，丈熟睡凡几许时？"

悠文曰："仅二十五分钟耳，昨夜闻门响时为四更，门响后查验纷扰，凡二刻余钟。予乃复睡，睡一刻十分钟而醒，醒则银蚨已杳矣。"

锄芰曰："丈临睡前曾饮食乎？"

曰："食莲子汤一碗。"

曰："谁则熟之？"

曰："当时查验毕后，庖人、镜花俱归寝，梅官故未起，荷官暨女仆在此，热莲子汤使予饮也。此莲子汤故昨夜所熟，备予今早食者，因予夜醒故，热之，使予食而复睡也。"

捷真曰："当丈醒而复睡时，此房门曾加闭乎？"

曰："闭之，予今早醒后，知银币已失，披衣起呼人，犹拔关而出也。"

曰："曾开窗乎？"

曰："亦未，今早起时，窗闭如故也。"

众大惊愕。

慧真绕行室中一周，亦绝不见有他异。

悠文又邀予等入荷官之室而告之曰："予所失且不止此，此室箱中，有银二千两，并极要之信一封，今亦俱失之矣。"

众大惊。

捷真曰："丈储二千两现银于此箱中，何用？"

悠文曰："此予经济上之积习，家中必储有现银，以待不时之需，以常州钱肆，猝移巨款，颇属为难也。其实置母财于无用之地，犹木石耳。至此信之由来，则其源甚远，请为诸君略述之：敝族之聚居城北徐墅镇者甚多，皆贫无赖，以予年老无子，而薄有财产，颇生觊觎之心。距今九年前，亡妾怀孕将产，族侄一才，因在乡间讹言予将以他族子为螟蛉，而托言侧室所出。予颇恶之。诸君当知予性，于阿堵物素不甚重视。然苟躬不事生产，而唯觊觎他人之所有者，则予性最疾之，遇此等人，必不周以一钱。时敝族在乡间有势力者，唯一才及族从祖伟千。以昭穆言，一才与予为近亲，而伟千颇远。故一才有觊觎鄙人财产之心，而伟千则无之。伟千曾青一衿，且辈行最尊，故在乡间，其势力视一才为尤大。是年九秋，亡妾孕将弥月，予乃以舟迎伟千夫妇至，厚赠之。及十月，梅官生，乃送之归乡，声言将责一才以讹言之罪。一才惧，求解于伟千，伟千乃使一才以一书致我，其书曰：

悠文三叔大人尊鉴：

伟千太叔祖下乡，知吾叔近生一弟，不胜欣贺。太叔祖母并云吾叔长姊已嫁，次妹尚幼，家中乏人，故迎彼至城，以资照料。彼见庶叔母临产时，极其平安，虽有医生二人，预延在府，亦不必施其技、服其药，此皆吾叔修德之报也。侄闻之，不胜欢喜，敬备鸡子一百个，以为贺仪云云。

"此信系乡间一学究为彼起稿，而彼亲笔书之者也。予自得此书后，珍藏之，以为后日之凭证。及前年，伟千叔祖暨叔祖母，相继下世。昨夜遂失此书。由此观之，则乡人觊觎予财产之心，不且日甚一日耶？将何策以处之？"

时予见室中一箱尚开，因指而问之曰："银及信即贮此箱中耶？"

悠文曰："然。此今早失去银币后，查验始知之，在昨夜则丝毫未离原处，锁闭如故，故犹未之知也。"

锄芟乃查验箱中，见有一小匣藏函件多封，并田宅契据等。因问："一才信夹置此匣中耶？"

曰："然。"

又检视他物，则有貂狐裘及名人字画等。

锄芟因问："后园曾往一勘乎？"

悠文曰："昨夜已勘之，绝无所得，唯门关及锁钥，抛弃在近门处耳。今晨更勘之，则所得尚多，诸君同荷官往一检视可也。"

予辈乃出寻荷官，七人同往园中，至则见井旁污泥中，有足印三四，趾着地重而跟轻。园北有桂树二株，高俱丈许，西一株攀折一大枝，若人窬墙入时，攀之履地者。近墙并有一草履，泥污殆遍，知为贼人窬墙出时所遗落者。其污泥，则践井

62

旁所致也。又观荷官所居室外，见墙上固有一窗，穴墙为之，外隔以木，两端嵌墙中，及是悉为斧断，刀痕犹新。锄芟问荷官曰："姊能确知此木为昨夜所断与？"

曰："不知，以此窗常闭不开也。"

勘视既毕，相将入室，婢具朝食至，七人同食。

锄芟问荷官曰："姊前两夜曾熟睡乎？"

曰："未曾。予睡向不熟，小有声，辄惊醒。前两夜通夜静谧，故予亦未醒也。且梅官睡亦易醒，家大人睡亦不熟，苟有声，三人中必有一人醒者矣。"

曰："昨夜何如？"

曰："始亦未醒，及闻门震动声，始惊醒也。"

锄芟且食且思，曰："予辈盍更至墙外一勘之？"

众稍善。于是匆匆食毕，七人复相将至园墙外。至则绝无所见，唯八九家茅屋历落分布而已。

众复入室，见悠文。悠文劳之曰："君辈亦有所得乎？"

予摇首曰："亦无甚端绪。"

锄芟曰："然则丈现亦有所疑乎？"

曰："有之。"

锄芟曰："请密以告我。"

众复同入荷官室，悠文键户语予曰："最可疑者，为新迁来之江北人曹三。此人固居予宅之东，以其与宅后诸江北人不甚浃洽，故佢辈家每有事，辄召之来。予亦尝备之，使给劳

63

役，及今早以失窃故，将遍告各亲友，使庖人往召之，则已杳矣。检其室，绝无长物，唯敝衣数袭，及日用旧器耳。且是人之踪迹，尤有可异者。家无眷属，唯携一子居。子年十二，其父以劳力活，而子业读书，亦不解何人教之。过其室，则书声朗然，每召之来，使做事，入室必狼顾。初以为其相如是也，迄今乃知为有心。稍奇异之物，必伪为不识者，问之，既以告，俄顷则又忘。稍相似之物，则相讹，今晨则父子俱为黄鹤矣。不令人大可疑乎？"

锄芟曰："然则是人何时迁来乎？"

曰："去年九月。"

曰："来自何方？"

悠文沉思曰："吾不忆也，大约自江北来。"

梅官曰："然，此人故居江北，以妻死故，售田宅营葬，在江北无立足地，乃携子而来也。"

曰："其所居，即吾辈前日所见之茅屋乎？"

曰："然。当时裸裎而立于门首者，即此人也。"

锄芟凝思半晌，起立，遽行，曰："此案似艰深而实浅近，予必为丈破获之，万勿妄疑人。"

言已，遽出室外，予亦相随出，竟归。

于路，吾问之，曰："妹于此案，已有端倪乎？"

锄芟曰："稍见之。"

予曰："何如？"

锄芟曰："向固言之，似艰深而实浅近也。"

予知锄芟心有所得，必不肯先以语人，乃亦不复问。

是日午后，锄芟出一行而归，且又至郭宅一行。

予问之曰："其更有所得乎？"

锄芟亦不答。

明日黎明，悠文忽又来速予及锄芟往，门者入报，问以何事，不能答。时尚早，途间绝无行人，予与予妹，乐其空旷，乃各乘飞马一头，不朝食而驰之。至则紧马庭树，相将而入。

薇园、捷真已先在矣，方讶其早，回顾，则绛英亦至，曰："今日之事何如矣？"

予曰："不知，适有使来速我耳。"

乃共入。悠文见予等而大笑，予讶之。

悠文笑曰："予枉生七十四年矣，此等怪事，竟生平未尝见也。"

锄芟曰："得毋谓城隍庙中物乎？"

众不解所谓。

锄芟指墙隅曰："噫！非此物耶？"

众视之，则一泥塑小神也，高二尺余。

大惊曰："此物何来？"

锄芟曰："此城隍庙中物也。"

悠文曰："子何以识之？"

锄芟曰："同处一城，安得不识？"

悠文曰："抑且不止此。昨夜睡中绝无他异。及今晨起汲水灌花，则此物在墙隅丛草际矣。大异之，急遍烛室中，绝无他异，启箧笥检之，亦未失一物，而予枕畔有小棺，即此物是也。"

言毕，手出一物示予辈。

众视之，则一木制小棺也，长四寸许，中藏一面人，犹新。

众大骇异。

锄芟曰："然则昨夜此室窗门曾闭乎？"

悠文曰："如何勿闭，予向不开窗睡也。"

曰："今早何如？"

曰："关闭如故。"

锄芟起曰："予辈盍至城隍庙一观之？"

捷真曰："请稍待，予姊即至。"

锄芟曰："迟恐证据失。"

捷真曰："然则姊请先行，予稍待予姊可也。"

于是予与锄芟同行，而捷真、薇园、绛英留待慧真至。

至则见庙中方以失神大哗，盖失去第十阎王殿中小卒也。

审视，则殿栅已毁，无赖子七八人，群聚而噪，曰："此必僧人售神以为酒食计耳。"

僧曰："神可售钱邪？"

无赖子曰："天下何物不可售钱？"

僧曰："神谁则欲买之?"

无赖子曰："此则当问汝。"

僧大窘。

予乃为之解围曰："神已寻得矣。"

众问焉在,余备述其异。

众益哗曰："然则郭宅之物,亦必此辈僧人所窃耳。"

予怒曰："此何预若事?"

众益哗曰："汝辈青年女子,庇僧何为?"

予大怒,唤侍者曰："速请董锡奎来!"

众闻请董锡奎,乃渐散。

董锡奎者,庙中经董也,性严厉,最恶游子棍徒,尝助官惩办之,此辈最畏之云。

予乃问僧人曰："此神之失,汝辈略知其影响乎?"

僧人曰："安知之? 行年六十余,闻人家失物,不闻庙中失神,真千古奇事也。"

予曰："汝辈昨夜岂未闭庙门乎?"

僧曰："小姐真不知世事之言,安有庙门而不闭者?"

予一笑。

时适有一梯,锄斐阶之,上升屋际而窥之,指示予及僧人曰："贼必自此间下。"

予亦升梯观之,见自屋之西北来,一路颇有碎瓦,自此而下,则为庙中柴房,屋颇卑,与殿屋如阶级然。

僧人曰："自柴屋而下，适为堆积木材处，为庙中造屋用者，盖由此历级而升也。"

锄芰谓僧曰："汝欲知窃此物者之人乎？"

僧曰："此等奇事，生平未见，安所得其人乎？"

锄芰曰："一月以内，予必能使汝知盗窃此物之人。"

僧笑曰："小姐柔弱如花枝，能缉盗乎？"

锄芰曰："我是玉树坚牢不病身，如上人，乃真槁如枯树耳。"

僧大笑。

予又问僧曰："汝知此神为何人所塑乎？"

僧曰："为东门外一米姓者所塑，年亦六十余矣。有二子，一女已嫁，尚有一老妻，其子皆游荡无行，故尚未娶也。"

予颔之，作别而返。途间，予谓锄芰曰："颇忆拿破仑像案乎？"

锄芰曰："如何勿忆？"

予曰："此案得毋类是？"

锄芰曰："然则何为置之郭宅？"

予曰："或闻郭宅有怪异事，特以此掩其形迹耳。"

锄芰笑曰："远矣。"

比至郭宅，见众皆忻忻然有喜色，予颇怪之，绛英招予等室入而告之，曰："罪人已得矣！"

予惊问何人。

捷真曰："即曹三也。"

锄芟曰："其人焉在?"

捷真曰："人尚未获。"

锄芟曰："然则何以知之?"

绛英曰："姊等行后,予与捷真私议,以此案唯曹三为可疑,何不往侦之?"

捷妹颇赞其议,乃同访曹三之居。至则门尚键,乃窬垣入窥之。见室无长物,唯破衣数袭,及日用敝器耳,果如悠文所云。乃悉心搜检之,见近门一旧案,其抽屉有锁,予身畔固有百灵钥,乃即启之。见中有旧书数册,一为《纲鉴易知录》残本,一《唐诗三百首》上册,一《古文观止》中所选《左传》及《国语》《国策》,一《时务报》第三册,又有小儿所习之字多张,及笔砚等。翻至《古文观止》中,则见有信一封,上书"悠文姻伯大人惠启峤生缄上"云云。大骇,急持归,则果与一才信及银两同贮一箱中者也。"昨早失物后,检点偶未及觉耳。此人今尚在通,宜设何法捕获之,或谓当迹之于徐墅。姊以为然否?"

锄芟曰："此案之终不能离徐墅而获结,夫何待言?盖舍郭氏族人外,虽获一才书,如木石也,若以曹三为盗,则予终弗之信。"

薇园曰："始则予辈亦不甚疑之,今则赃证确凿,安得不信?"

锄芟曰："虽然，予终不信此案之以如是而获解决。"

正辩论间，予亦兴发，密招薇园语之曰："吾辈盍往东门外一探之乎？"

薇园恍然曰："即塑神之米福泉乎？此人予固识之，非善类也。"

于是予与薇园不谋于众，径赴东郊。将至，薇园诣一友人处易装为婢，并使予易服，亦伪为婢也者。

又同行半里许，至一陋室，叩门入，曰："福泉在家乎？"

内一妪出应曰："适出矣。"

问："归将以何时？"

曰："少待即归，有客来，去市酒耳。"

予闻有客，心动问之曰："客从何处来？"

妪曰："阿姊从何处来？"

薇园曰："自许家来，吾家主人唤福泉耳。"

妪闻言，怡声曰："上复主人，俄顷即来也。"

予又问曰："福泉现有何客？"

妪曰："自县学场来者，姓曹。"

予大惊，问曰："彼令郎会携来乎？"

妪曰："亦在此。"

予色大变。

乃曳薇园行丈许，坐一树荫下，曰："此曹非曹三乎？"

薇园曰："妹何不更问之？"

予曰："更问之，恐使之生疑，将遁。"

薇园曰："此亦诚是。但现在当何策以处之？"

予曰："顷姊何以托名于许家？"

薇园曰："此人固在许子遴家服役，子遴念其贫且老，所以资助之者甚厚，予故托言许家。此老妪即福泉妻，所以闻吾言而肃然起敬者，以彼恃子遴为生活也。"

予曰："此二人现在必更有一助力者，乃可捕之。"

薇园曰："此却不难，但现在亦不知其果为盗与否？设非盗，则捕之易，遣之难耳。"

予亦大然之，踌躇无计。

少顷，薇园乃谓予曰："予在此，守此两人，勿俾遁。君疾往郭宅呼人来，视福泉家客，果曹三否？如不谬，然后设计擒之。何如？"

予曰："如此则彼或适以此时遁，且即系曹三，亦不能指为福泉通谋之证据。予意何不如此以觇之？"

即附耳语薇园。

薇园拊掌曰："此计大妙！"

予与薇园，乃更乔装为两少女，向福泉家行。

及门，予忽仆首触门有声，薇园惊哭，内一男子闻声出启门曰："咄！何事？"

薇园哭不顾。

男子怒曰："谁家召债鬼，在此聒噪人？阿翁门首，岂容

71

汝哭死人邪？咄，速去！不去，我将蹴汝出。"

旁一男子过，停趾问何事。

薇园唯恫哭而已。

启门之男子喝斥不绝于口，薇园益恫哭。

道旁之男子见予卧地下，曰："此必暴死者也。"

以手探予额，觉温。又听予呼吸，甚粗厉，乃告此启门之男子曰："此必骤患气厥者也，救之可活，汝且勿促之。"

于是问薇园曰："咄！何事？勿哭。"

薇园哭不止。

其人怒曰："痴丫头，性命不保，哭何为？"

薇园乃收泪谢之曰："此予表妹也。予昨自无锡来，宿姨母家，姨母使予同之入城。今若此，姨母闻之，谓予杀妹也。"

后来之男子曰："彼实病死，于汝何关？且是人未尝死，救之可活也。"因问曰："汝无锡人欤？奈何操常州语？"

薇园曰："予常州人，嫁无锡，以父病归宁，顺道往省姨母。姨母使予与表妹偕入城，不图遭此横祸。"

其人曰："勿忧，汝表妹非死疾也，救之可活。予为汝代唤一人，负汝表妹与汝偕至姨母家，可乎？"

薇园踌躇曰："秋阳暴人，偾表妹疾不愈，姨母必咎我。"

曰："然则觅一人家舍之，汝速归报汝姨母，与医偕来，可乎？"

薇园抚予泣谢曰："诚如是，再生不敢忘德。"

其人又踌躇曰："然则现在何处可暂舍邪？"

薇园曰："果有仁人，肯捐一席地以舍表妹者，当出二金酬之。"

启门之男子闻言心动曰："寒家虽局促，顾聊以相舍，亦省远行。予当入告父也。"

俄顷，与一老人偕出。

老人曰："病者欲舍于是乎？亦可特二金之约不可负也。"

薇园矢之以日。乃许之。薇园负予行，是人导之入，卧予一竹床上。

薇园唤予曰："表妹，予行矣，少顷同姨母来也。"

予瞑目不应。

薇园去，予觉左右无人，乃张目秘窥。见室仅五间，其三间东向，二为卧室，一为客座。又两间西向，一为灶，一则二男子对坐饮焉。其一须发皓然，一则髭长而黑。予身处东向之卧室中，恰与此室相对。时天气尚热，而室中秽气熏蒸，身又逼近日光，几不可耐。

已而此黑须之男子起，入室为予诊脉，大诧曰："凡气厥者，四肢必冷，呼吸必逆。而是人四肢独温暖，脉来亦与常人无异，真可怪也。"

白须者曰："得毋其气将复乎？"

曰："诚然，叶之当易愈耳。"

两人复入座痛饮，但闻其切切密语，殊不易了。

乃竭耳力谛听之，闻白须者曰："此事究应如何处置？"

黑须者附其耳语，甚微细不可辨。

移时，白须者高声曰："可乎？勿惹横祸。"

黑须者曰："有如此天缘凑合之事而不为，后更从何处求之？夫时机难得而易失者也。现在值此有为之时机，所阙者我两人之决心耳。"

予默念，两人中必有一曹三无疑，彼辈现必有一机会，安置其所窃之财物也。入虎穴而果得虎子，不禁大乐。

正自思间，但闻白须者又与黑须者窃窃私语，久之，曰："如此，可乎？"

黑须者曰："此即吾向者之所云也。"

白须者复举杯痛饮，曰："得者乐矣。"

以下语益微且疾，不可辨。黑须者亦与之附耳疾语，似相争辩。

久之，白须者高声曰："罗网四布，奈何？"

黑须者曰："但达吾所云之目的，则万事皆销矣。"

予念曰："凶哉此人，但不知其所筹划者，果何计耳？"

已而闻一老妪哭而至，入门，白须者呼之曰："汝来寻汝女者乎？"

妪曰："然。"

手出二金置案上，曰："区区者聊以助翁酒资，非敢云

74

报也。”

白须者曰：“急难之义，分所当然，又何缘烦费阿姥？令爱在此室，可速入视之。”

妪挥涕入室。予心知为薇园，方欲与语，黑须者突至室外，键户而去。

予大惊，私念中计矣。入虎穴而反为虎所吞噬，可奈何？

妪大呼曰：“阖户何为？”

白须者曰：“少顷便知。”

更叫号，皆置不理。妪无奈何，行近余榻。

余拽其手曰：“薇姊来邪？”

妪低应曰：“然。”

予耳语以向者之所见，薇园大惊曰：“吾辈之行踪，已为彼等所窥破，奈何？”

已而曰：“既入围城，唯有死战求出耳。”于是叩窗大呼曰，“闭我何为？我女病将负之出就医，闭我何为？”

外不应。自窗隙窥之，已寂然无一人。

薇园大惊曰：“予辈中计矣！此二贼之财物，必已有安置处，明知予辈为侦探，故诱入此室而键之，而彼辈则以此时遁也。”

予曰：“然则何从踪迹之？”

薇园曰：“身且无计出此室，尚何言迹贼为？”

于是曳开门，坚不可动。自窗隙窥之，则其外横抵以巨木，而加锁焉。又视窗，窗与荷官室中之窗相同，穴墙为之，而从隔以木，两端悉嵌墙中。手无斧柯，仓促不得断。

予与薇园彷徨无计，倾耳静听，寂无人声。欲大声呼号，则地甚荒僻，一二里外，始有人烟，纵疾呼，必无应者。

正踌躇间，薇园忽问予曰："先时启门之男子，暨福泉之妻，均何往乎？"

予曰："予自入室，即未见此二人。"

薇园恍然曰："彼辈之定行计矣。福泉、曹三之所以暂留，特以封禁予辈故也。"

予等二人伏处一污秽不堪之室中，空气恶劣，口鼻几为之塞，束手无策而已。

越一时许，忽闻履声橐橐自外至。

予与薇园自窗隙微窥之，则见黑须者与白须者，相踵入。

正不解所谓，则见黑须者忽来启门。薇园急肘予，予乃复卧竹床上。

户辟，二人入，手持一绳一刀，并一纸裹来，给妪曰："请即死。"

妪大哭曰："青天白日，汝何为？予何罪死？"

黑须者曰："予辈之意，汝亦知之。哭亦死，不哭亦死，同一死也，不如慷慨。"

妪哭曰："涎吾女邪？杀其母，焉用其女？"

黑须者曰："正唯用其女，是以杀其母。"

76

姬哭不止。二人逼之。

姬乃敛声曰："君辈之意，予亦知之。虽然，此女殊难驯，若杀我，是并杀此女也。不如留我在，生死从二君，但获小儿女勿虞冻馁，老身获终天年以就木，则戴德罔既矣。杀二人而陷陷刑辟，岂如生之以获乎？"

黑须者曰："如汝言亦大佳，但能从我言乎？"

姬近予榻抚予，二人亦相随近榻。

姬突起键户，当门立曰："我有一言欲奉讯，可乎？"

二人大惊曰："当有言，速相示。"

姬曰："既欲吾女，汝辈近日所发之财，亦可分润否？"

二人大惊曰："吾辈发何财？"

姬曰："昨、前两夜所发之财，今何往耶？"

黑须者曰："汝勿得诞语，今欲发财，将仗汝。昨、前两夜不遇汝，安所可发财？"

姬笑曰："汝辈所为之事，勿欺我。"

黑须者曰："今欲生则生，欲死则死，生死唯姬所取耳，何多言为？"

薇园默念是人颇有胆，予道破其隐事，尚敢如此。既默念彼既作是语，必已萌杀机，不可不谨备之。

乃从容向二人言曰："汝辈欲杀我乎？欲死则同死。"

黑须者闻言颇骇，以目视白须者。白须者不语。

黑须者遽走近室户，以手曳姬，欲开门。

甫近妪，妪乘势，推以肘，仆地上。

白须者大惊，手提一椅，欲起斗。妪略一闪身，骤跃起，接其椅，力送之，亦仆。

黑须者复起。妪以左足触之，又仆。

皆倒地不能起。

妪坐椅上，呼曰："孩儿，可速起取绳索缚贼！"

予应声蹶然起。

二人益骇绝。

予起，入厨中见有巨绠二，急取之至。时久卧，目久瞑，久不言，甚疲。忽起跃，快甚，力百倍。

薇园曰："缚之。"

予应声系二人手足。时二人皆已伤，虽有力，不能动。

薇园曰："速往许家唤人来，予已为彼言之矣。"

予乃疾奔至许子遴家，即向者易服之处也。

主人出，问事何如。

予答曰："贼已就擒，但乞助力。"

主人笑曰："老妪成功邪！"

乃命健仆二人随予往。

予牵仆复奔米氏宅，至则二人方乞哀。

薇园不理，见予至，笑曰："来邪！"乃去假面具，谓白须者曰，"米福泉，汝识我否？"

福泉惊绝，手足皆颤，曰："天乎！我梦邪？小姐何以至此？"

薇园指黑须者谓予曰："此曹三也。"

黑须者亦惊绝，曰："小姐何以知我名？"

薇园指谓仆曰："汝可释此二人缚，各押一人赴县学旁郭宅。"

二人既至此，不得不行。既至郭宅，命将二人暂羁门房。予与薇园先入，见荷官与捷真、慧真、绛英等方共坐，论议是事，群研究曹三何往之问题。

予与薇园突入，曰："勿劳议论，曹三已在是矣。"

荷官目予曰："汝二人何往？使人苦寻不得。"

予曰："往擒曹三也。"

荷官曰："勿妄言，饭未？"

予曰："饭却不曾，曹三已在是矣。"

荷官曰："勿妄言，速饭。"

予曰："何谓妄言？其人在此，可目睹也。"

绛英曰："信耶？且召之来。"

薇园返身出，召曹三入立庭下，曰："此何人？"

荷官等视之，果然，大骇异，曰："自何处擒来？"

时悠文、梅官亦闻声至，见曹三，皆大惊曰："汝辈从何处擒至？"

予笑曰："少待即相告。"

于是使许氏之仆妇谢其主，而使郭氏之仆守曹三及福泉，

79

予与薇园乃屏仆从，为家人详述其所遇。

时慧真、捷真、绛英俱在，独不见锄芟，讯其何往，绛英曰："午饭后即出，今尚未归也。"

时天已昏黑，乃秉烛坐，予与薇园各述所经历毕，悠文舌桥不得下，曰："幸哉！薇姑娘之有体力耳，不然何堪设想哉！"

众以巨寇既获，咸勇气百倍，如克大敌，乃命拘曹三、福泉入讯之。

至则面色如土，叩首无算，但乞宥死罪。

悠文曰："今且勿罪汝，汝第自述其所为，则宥汝。"

于是曹三起而自言曰："予江北之鄙人也。去年以妻死故，鬻田宅为葬具，在江北无以自立，乃携一子奔常州。唯予少有一恶德，好盗窃。此由予自幼窃物时，予母常奖励予使然也。故予入尊府服役时，每见物，必伪为不识，实已怀盗窃之心矣。以无隙可乘，故终未遂其愿。昨日携子至东门米福泉表兄家暂住。今日傍午，忽有一过路女子，气厥仆地，福泉之次子，适开门出见之。其同行之一女子，自称病者为其表妹，出二金，求暂舍其表妹，而己则归告姨母。福泉之次子，见利心动，入告福泉，福泉许之。乃使女子入居其卧室中，而同行之女子遽去。已而予及福泉，视此病女，殊色也，议掠而卖之，以获利。福泉初不敢，予怂恿之，乃乘其母之至也，而闭之。而不图病者之即芸姑娘，老妪之即薇姑娘也。小人实万罪当

80

死，乞矜宥。"

予乃问福泉曰："汝子汝妻，今日果何往乎？"

曰："吾子故好游荡，常不归。吾妻则如母家也。"

予又问曹三曰："汝云携子在福泉家，何以不见？"

曰："乡间有人招其看戏，已下乡矣。"

悠文促福泉曰："速自供其所为。"

福泉自述曰："予故游荡无业者，少年时好博嗜饮，以故家赤贫。娶妻后投茶肆为伙者三年，后亦不常所业，近更以年老不任力作，而子又好游荡，家益贫。

"今日适有过路病女来，予视之，绝美，戏谓曹三曰：'盍劫而卖之乎？'

"曹三大赞之，劝予乘其母来时，杀而埋之，而劫其女如苏州或上海，鬻之妓院，可获厚利。

"予恐累妻子，曹三曰：'是不妨，可给以资，使归江北。'

"予又念苏、沪去常咫尺耳，焉有杀其母劫其女，而获逃法网者？

"曹三力持之，且曰：'汝不可，我将独行之，获利则独享，获罪则诬汝，汝视我杀人于汝家，能自脱与？'

"予惧乃从之。时成败未知，必先备一去路，乃往讯自常州往常熟之航船，包一舱，将使曹三伪为病女父，携之行。而予遣妻子回江北，身则星夜赴常熟，与曹三会，更定进止。

81

"计划已定，女母适至，乃键之而出问航船。

"既定，归，遂欲杀妪而取其女，以女时尚昏睡，不能知吾辈之杀其母也。已妪言'苟杀我，女必不驯'，吾辈乃思更生之。意未定，妪忽击予辈踣地，遂就执。姑娘之踪迹用意，实小人所不解也，尚请明以示我。"

绛英掷一书下，给曹三曰："汝视此何物？"

曹三曰："小人不识字。"

绛英怒曰："汝尚言不识字，谁教汝子读书者？"

曹三曰："吾子昔在江北会读书，今不过将旧书温习耳，我焉能教之？"

慧真曰："然则汝此书自何处得之？速实言，宥汝罪。"

曹三谛视之，少顷，曰："是予在此门首所拾也，奈何以此获罪邪？"

慧真冷笑曰："真好口才！"

捷真曰："吾为汝言之，汝此信实自郭老爷家所窃也，尚有信一封、银二千两，速交出，则免汝罪。"

曹三闻言，气夺神痴，曰："吾实未尝窃物。"

薇园曰："不窃物，则郭老爷之信，何以在汝家中？"

曹三曰："吾以实告，此信我实在门首拾得者，以吾子好诵读，而又无力买书，故以此界之。姑娘既收予室，岂不知此信与各书卷同置一处乎？"

薇园曰："然。然则尚有信一封，何不并留以贻汝子？"

曹三闻言，惊曰："吾安得更有信，此一封实在门首拾得者。"

捷真笑曰："此人真可谓善于坚持矣，若外交官如是，岂不苍生咸被其福耶?"

言次，悠文谓予辈曰："此人今日必不肯承，不如姑麾之去，明日再作区画可也。"

于是使仆押二人去。

悠文置酒与予辈共饮，适锄芰自外至，共起迎之。锄芰手持一照片，予取视之，问何人。

锄芰曰："适自街上拾得者。"

视之，一妙龄女子也，亦不甚美。

予与薇园又以捕获曹三、福泉之事语锄芰，锄芰笑曰："明日予当亲鞫之，鼠辈虽狡，必不能逃我之手。"

是日，欢饮至二鼓始散，及明日，而怪异之事又起矣。

翌晨十点钟，郭宅又使人来速予及锄芰。时八月十八日也，予本拟早膳后，与锄芰同赴郭宅，以家中言有一自京师归之女友，预约于九点钟来访予，乃留待之。及十点钟，尚不至，正拟与锄芰偕行，而郭氏之使适至，乃即行。

至则郭氏又失物矣。

荷官谓予曰："予今日拟至戚串家道贺，梳洗毕，将事妆束，及启箧，则所有珠宝金饰，已不翼而飞矣。不禁大惊，急以禀家父。

"家父沉思曰：'昨日醉中似有一女子，身短而貌寝，问我以小姐各首饰之贮处，予当时闻之，颇惊异，然醉中亦不记如何处置矣。'"

予闻言，大骇。

锄芟起立曰："此贼人奈何胆大妄为至是，予誓必破获之。"

言已，起身即行。

予与荷官方研究失窃之问题，忽镜花大声疾呼，入报曰："不好矣，老爷跌倒矣。"

予与荷官大惊，急趋出视之，见梅官与镜花扶悠文卧床上，齁声大作，人事不知，手足搐动。

予大惊曰："此中风也，速延医视之。"

而仓促之间，女仆及庖人均不知所往。

荷官顿足大骂，无计中施。幸悠文之侄筹甫、纯甫闻声入，乃使之各延一医。已而荷官忽忆及锄芟解医理，欲令诊脉，使予寻之。予不知其何往，乃出问门者，则云见其东向而行。予忽忆锄芟必至米福泉家检勘也，乃追踪以往。

出东门，至天宁寺左侧，忽见锄芟坐一石上。予急呼之，告以悠文之病。锄芟大惊，急偕予奔归。

比至郭宅，则一缪姓之医已至，诊脉后开一方云：

年高气虚，猝然中风，脉来洪大而无根，痰塞上焦，手足搐动，此之谓内真寒而外假热，宜固本原以防虚脱。

　　吉林参五钱、上桂心二钱、枣仁五钱、乌药五钱、生绵耆二两、陈皮五钱、远志五钱、胆星六钱、制香附三钱、半夏五钱、杜仲三钱、竹茹姜汁炒二钱。为引。

　　缪医开方毕，见予及锄芟至，略一起立，拈须而言曰："此病甚剧，宜谨防之。此药且服一剂，更觇其后。"

　　荷官曰："先生，病无妨否？"

　　缪医拈髭沉吟，半晌曰："亦所谓尽人事，以待天命耳。"

　　言毕，见锄芟为悠文诊脉，略一起立，曰："亦解医理耶？"

　　锄芟起立致敬曰："不敢，略解一二耳。"

　　缪医曰："脉甚洪大。"

　　锄芟曰："此皆热脉也，数亦甚，一分钟至一百十余至，病者身上温度，必已高升至百余度矣。"

　　缪医曰："是也。此所谓内真寒而外假热也。脉之洪数虽如此，苟投以凉剂，则立殆矣。"

　　锄芟曰："此则鄙意稍有异同。"

　　缪医曰："如何？"

　　锄芟曰："中风之症，鲜有不由于大热者，非用寒凉清泻之剂，必不足以清其营分之热。营分之热不清则不堪设

85

想矣。"

缪医曰："然则尊见可用何药？"

锄叟曰："西人遇此等病，率用巴豆油泻之，今即不敢用，亦宜用大黄五钱，以泻其热。"

缪医大笑曰："此真杀人不用刀矣！大黄、巴豆，平人尚且忌之，何况病夫？少年且虞刻削，何况垂暮？"

锄叟曰："此则不然。凡泻润之药，必有清补之力。西人治中风，大率如此，百不一误。"

缪医曰："西人之体质，安能与华人比？且西人亦无真中风病。"

锄叟曰："何以知之？"

缪医身畔出旱烟吸之，曰："吾闻自上海回常之人言之。"

锄叟亦笑曰："自上海回常之人，岂尽知医理者？"

缪医曰："汝说西人也，彼辈岂非亲见西人者？"

锄叟曰："亲见西人，岂能尽知西人之体质？"

缪医曰："亲见者不知，岂我辈耳食者反知之？"

锄叟见其不足置辩，乃谓之曰："此姑勿论。但现在病者系大热之症，而先生以参蓍补之，桂附温之，系属何意？"

缪医曰："此五行之精理也。"

锄叟不禁失笑，曰："病理与五行，有何干涉？"

缪医曰："猝难遍举，请即就中风论之。肾生肝，肝其在天为风，其变动为握中。中风之症手足搐动，是为握。故以温

86

剂补其肾，即所以裕肝脏之生机，若更以凉药投之，则抱薪救火矣。"

锄芟曰："五行之说，本不足凭，以入医理，更为无据。即如肾属水，水性润下，何以肾能藏精？心属火，火主炎上，何以血能循环，不直自口鼻而出？"

听者皆不禁失笑。

缪医曰："此则当起黄帝、岐伯于九原而问之，非吾之所知矣。"

言毕，竟出，筹甫送之，亦不顾。

至门首，忽遇一顾姓之医入，缪医指天收地曰："亦大可笑！悠翁患极虚之症，不知何处来一小姐，想系郭府戚串，妄欲以极凉之剂投之，真是前古所未闻。如此治病，弟实不敢参与。以愚见观之，老兄亦以不参与为是。"

顾医曰："且诊脉再议。"

于是缪医仍与顾医同入。

顾医诊脉结，缪医曰："兄诊此脉如何？虚弱否？"

顾医曰："其本原诚虚，但现在攻伐之剂，有病则病受之，鄙意亦当参用急则治标之法。"

缪医曰："然则尊见以为可用何药？"

顾医曰："鄙意当用羚羊、珠粉、石决、明竹沥等。"

缪医曰："然则大黄可用否？"

顾医曰："五钱或太多，三钱亦无妨。"

缪医闻言，勃然而起曰："既尊意如是，即请斟酌用药，一力主持，鄙人实不敢参赞。"

言毕遽行。顾医急挽之，不顾而去。于是锄芰及顾医参酌进药，迄晚遂见清醒，荷官等心始稍安。

明日十一点钟，忽郭氏之族人名则生者，自徐墅入城，云一才于今早为人杀死矣。众闻大惊。

是日，捷真适有事，予乃约慧真、绛英、薇园、锄芰同适徐墅，二点钟而至。时官尚未往相验也。

予辈往察一才尸，则见尸横地上，适当往来道，过者皆越畔绕行焉。尸当胸有刃伤，长二寸许，最深处一寸有余，渐近胃渐浅，血痕渐渍，左股上亦有刃伤。围观者如堵墙。其余证据，渺不可得已。

正验视间，适县令至，予辈乃避于一旁。

县令验视毕后，有一幕宾姓吴，名次克者，瞥见予辈，突来问讯，盖是人常至予家及薇园家也。

谈次，次克云："若辈今日来何事？"

予笑云："专为看尸来者。"

次克亦笑曰："君辈颇有别趣。"

予曰："亦未必然，死者郭氏，与寒宗稍有瓜葛耳。"

次克曰："验视之余，亦有心得否？"

锄芰曰："有数端可决定。"

次克曰："若何？"

锄芟曰："其一凶手谋害死者之心，蓄之已久。"

次克曰："何以知之？"

锄芟曰："狭路相逢，未必身畔携有凶器，今清晨相遇，而遽杀人以兵，是所谓仇不及兵者也。"

次克曰："果其蓄谋已久，当寻而杀之于其家，何以在道旁争斗？"

锄芟曰："此更有一证。若出于猝然相遇，相争相杀者，必先之以詈骂，继之以斗殴。今死者身上，除刀伤外，绝无他伤痕，可知非猝然相杀也。"

次克曰："如系积仇，猝然相逢，必相争斗。吾观死者形状，非绝无膂力者，岂束手待毙乎？"

锄芟曰："以吾意观之，二人内相蓄仇，表面则甚为和好，故凶手之猝然行凶，实非死者所意料也。"

次克曰："尚有他证据否？"

锄芟曰："凶手所用之刀，非寻常樵采及烹调所用之刀也，其刀必甚长，且极锋锐，但刃形亦不甚尖。"

次克曰："何以知之？"

锄芟曰："观死者伤痕可知也，如系寻常樵采烹调所用之刀，其刀必甚短，伤痕安能深至一寸有余？如刃形甚尖，则伤痕深而必不能阔。故知凶手所用之刀，其形式与近人所佩之腰刀略相似，非预存杀人之心，携之何为？"

次克击掌曰："是矣！今晨报请相验才，本尚有潘墅来氏一寡妇，于清晨自缢死。传闻死者与郭一才颇有往来，一才死处，适当潘墅与徐墅往来之孔道，是必因妒奸相杀也。"

锄艿曰："然则来氏又何为自缢也？"

次克曰："是必凶手逼之。"

锄艿曰："不然。"

次克曰："何以言之？"

锄艿曰："迫人自缢，颇需时刻，凶手既已杀人，尚焉能从容为此等事？故以凶手与死者为妒奸相杀，则凶手既杀死者，乘怒并杀寡妇，于情最近。若谓勒杀寡妇，已稍远之。何则？杀人者必手溜，未必更舍刀而用绳也，若谓逼令自缢，则于情益远矣。"

次克闻言，大惊叹曰："君探案真精细哉！吾辈盍同至潘墅一行？"

锄艿许之。于是予与锄艿、慧真、薇园、绛英，更偕次克至潘墅。

至则见尸已解下，唯尚未敛，手臂及背上，皆有青色伤痕，项上爪痕深入血出。两眼合，口闭，牙关紧，齿致咬舌，喉间缢痕甚深。知其自缢之绳，必甚细紧，且自缢时作十字死结者。其所系之绳在梁上，死者足踏案上，恰能及之，其缢痕甚紫赤。

次克曰："观此景象，得毋殴杀之而冒为自缢乎？"

锄艿曰："不然。若被人殴死冒为自缢者，其缢痕必不能

90

如是之深，且亦无紫赤色。"

于是研问死者之家属。来寡妇唯有一女，才十余龄，盘诘之曰："予母必以昨日五更后死，五更时，吾犹见其起烹茶也。"

曰："汝母即为人殴伤，汝岂绝未闻声响乎？"

曰："不闻也。"

曰："然则汝以何时起？"

曰："太阳初出。"

曰："斯时汝母已缢死乎？"

曰："然。吾见吾母缢，急奔邻家呼救，已无及矣。"

于是搜检其家屋，见其室仅两间，内间为灶及其女所居，外间则来寡妇寝室也。来寡妇寝室中，有案二张、椅四张，及妆具针线衣箱等。又床后有米斗余。细检室中，绝无他异，亦不见有争斗形迹，唯案上尚有龙牌纸烟一支。锄斐问死者吸此物否，答不吸。

锄斐乃盘诘其女曰："汝果闻汝母与人争斗否？致汝母自缢之人，汝果略知之否？如知之，不妨直告我辈，今能为汝母申冤者，唯我辈耳。汝勿缄口而自误也。"

女云："我实不知，若知之，何讳焉？"

锄斐曰："吾不信，汝必略知之。"

女曰："果其知之，岂愿讳饰？君辈既能为吾母雪不白之冤，吾何为而不言？但实不知耳。"

锄芟曰："焉有相隔一室，汝母为人殴击，以致于死，而汝犹毫无知觉者？此实虚饰之言，予不愿闻也。"

女怒曰："既云不知，何苦诘为？"

于是次克召乡人而问之曰："谋杀来寡妇之人，汝辈亦略知之乎？"

乡人曰："唯徐墅镇之郭一才，与此妇素有往来。但今早一才亦为人所杀矣，奸夫奸妇，同时毕命，真奇案也。"

锄芟曰："此杀郭一才之人，汝辈意中，亦有所疑拟否？"

乡人曰："绝无，徐墅与潘墅甚相近，向亦未闻一才与谁有冤。唯闻此处益北五里许，荒田中遗有一刀，刀上染有血痕，颇类杀人者，疑为凶手所遗。据此度之，则凶手必已北行，或将入靖江界矣。"

锄芟曰："此刀现在何处？"

乡人曰："闻尚在乡董处。"

锄芟曰："可往一视之否？"

乡人曰："此甚易耳，乡董即居此村之徐梦痕者，亦一廪膳生也。"

予辈乃谢乡人，至乡董家。乡董闻吴次克至，大惊，急整衣冠出迎。

谈次，询以刀何在，乡董曰："今尚在此。"

乃出以示次克，众共观之，则果如常佩之腰刀，血痕犹新。问以得自何处，答言自此益北五里许，一乡人行道时拾得之也。次克遂携其刀以行。

予等回城时，已五点钟，忽闻乌衣桥畔之尤妪，亦于今早自缢死。

锄叟闻言，骇绝，曳余及薇园更至乌衣桥探之。至则死者绝非自缢，乃系为人所杀。左肩下有伤痕，计深二寸余，而不甚长阔，刃出时略带旋形，自胸及腹，有长七寸余之伤痕。最深处当胸，计一寸六七分，愈下愈浅，仅五分余。死者倒于门首，头在外，足在内。知凶手必自内出，而死者自外入。问以何时被杀，则无人知之，以死者家无他人也。

据邻右王广荣云："死者今早门闭不开，以其无事时尝晏起，亦不为意。及午后，门犹不开，众皆以为异。予恐其抱病，创议排闼入视之，则已被杀矣。时值官赴乡验尸，故报官后，迄今犹未来验视也。"

锄叟曰："此室中之物，亦未尝移置乎？"

广荣曰："皆与吾辈初见时同，丝毫未敢移易。"

锄叟喜，谓予曰："此案较前两案为易于措手矣。盖一才死于路旁，经多人围观。来氏则室中之物，已经移易位置，被伐及自尽时情事，已毫无可得也。"

死者居宅颇为宏敞，虽家无仆婢，亦无子女，而居宅凡有四楹。其最东一间，为死者诵经处，中悬佛像，陈设经卷，布置极其精洁。次东为客坐，陈设亦清雅。西二间，则死者卧室也，两室内皆有床，外一间之床上，衾枕尤华美。死者即横倒于客坐与卧室之间，其身皆在客坐，而足则尚在卧室以内。检视外一间卧室，则见除妆具香炉花瓶等陈设齐整外，瓜子壳抛弃满地，茗碗四五，散置案上，碗中尚有残茶，极其清冽，纸烟数匣，亦经吸残，尚有茶食等残遗盘中。两间之衾裯皆展散，未经折叠。时长钟一具，悬挂壁上，已停不行。据王广荣云：死者平时，尚有表一只，常置身畔，今已不见矣。又启视箧笥，绝无他异，衣服首饰等皆藏置完好，箱中并有洋四十元，唯死者平时有一手提之小藤篮，今不可见耳。

锄茭勘视既毕，乃谓予曰："烦姊往西门一行，问昨日自苏州镇江来之轮船，何时始到埠。予辈在郭宅相会。"

予闻言不解所谓，乃姑往。已而归报曰："自苏州来之轮船，抵埠甚晚，三点半钟始到。"

时薇园、绛英、慧真亦咸在郭宅。

锄茭曰："此间失物案情，已洞如观火矣，能助我往探之乎？"

众闻言大欣跃曰："吾妹果已洞烛其底蕴邪？"

锄茭曰："然。"

曰："不误否？"

锄茭曰："如误，请抉我双眸。"

众大喜曰："若然，请立刻同往。"

锄茭曰："今日出兵，须分两路，能听我号令否？"

众曰："谨如命。"

94

锄芟曰："烦慧姊、绛姊、薇姊为一路，出西门外，察视今日有无上流社会女子，附轮赴苏州及镇江。如有之，察视其所携之仆，系此人否？如不谬，并其主仆擒以来。"

言毕，手出一照片授薇园等，曰："如有僧衣帽之人，面目与此片相同者，亦擒以来。"

众审视之，则即锄芟昨夜拾得之照片也。皆大怪。

薇园、慧真、绛英三人，即在郭宅晚膳后同往。

锄芟与予偕归，将行，又谓薇园曰："此人颇有体力，且超越之技，一时无两，姊宜以全力敌之。"

言毕，遂归。

既晚膳，锄芟与予易服如小家女者，同行至周线巷中段，见一门外有柳树二株。

锄芟谓予曰："我入此宅，约二三分钟，姊叩门。内有一老妪出应，问姊何来，姊但答言自乌衣桥许家来。彼问何事，姊但言许家阿姥使我来，告汝尤老太婆之事，将株连及汝，宜速为计。彼必苦相研诘，姊可云事甚冗长，请入室详述颠末。入室后，但略与支吾，予自至也。"

予如其教。

锄芟一跃登树杪，约二分钟，予遂叩门。久之，果有一老妪出应，问何人。予答自乌衣桥许家来。

妪开门问何事，余见其躯甚短小，而步履颇轻健，低声云："许家阿姥遣我来，以今日尤妪之事，株连将及阿姥，宜速为计。"

妪曰："许大姊首？予适自彼处来，彼抱病甚笃，口且不能语，何缘使汝来告我？"

予大窘，乃曰："彼虽病，今已稍间矣。"

妪曰："尤婆之事，何与于我，而云株连？"

予曰："其原因甚复杂，请与姥入室一谈。"

妪不可，曰："此等讹言，予夙不信，不必来惑我。请转谢大姊盛意可也，去休，我欲关门矣。"

予此时进退维谷，乃徘徊曰："此间桂花颇香。"

妪不应，已而推予出曰："去矣，去矣，予亦欲关门矣。"

予不得已，乃出，则锄芟已立门外矣。

予以与妪问答之语告之，锄芟曰："予已闻之，此间事不谐矣，可他往探之。"

遂与予复归郭宅。

二更后，薇园等亦归，云西门亦无所得。

锄芟闻言，踌躇曰："此人必在乡间矣。"

正拟议间，忽闻自中堂通后园之门又响。骇甚，急往视之，则月明如水，双扉洞开。遍烛园中，绝无所见。荷官等搜检内室，予与锄芟、薇园、慧真、绛英等，遂窬土墙出。

郭氏园后，计有空地数亩，除茅屋及土丘外，绝无他物。

予辈乃鼓其勇气，四散奔走以侦察之。

予行约四五百步，忽闻有哭声，大惊，急寻声而往。

则哭者非他，镜花也，踣于地，形甚委顿。予骇甚，急研诘之，众亦闻声毕集。

镜花哭曰："予见一缢鬼。"

众大惊，诘以何在。

镜花西指曰："在彼。"

于是众悉西奔。

镜花不敢独坐，予招与同行。时西奔歧路甚多，众分投之。予与锄芟随镜花行，转过一土墙，见墙西有大木一章，果有一人缢于树。

镜花瑟缩不敢前。予见其惊惧，抱持之，顺风大呼。众闻声复集。

薇园等上树解之下，则见其人犹未死，从月光中谛辨之，不禁大惊。盖此人非他，即悠文家所役之女仆也。昨日悠文中风时，寻庖人及女仆俱不见，后庖人旋归，而女仆则直至此时始见之。

锄芟大笑曰："所失物咸在是矣。"

众问安在。

锄芟指树下一枯井曰："在此中。"

绛英曰："刻薄鬼，又诳人入井矣！前从汝言，我辈黅夜奔西门，绝无所得。今又诳人入井，侦探固如是乎？"

锄芟大怒曰："若入井无所得，予头可断！"

薇园笑曰："亦何致断头？"

锄芟返身奔去曰："取绳索来，予将入井。"

予急呼之曰："且勿争，井中物终在，且救人。"

锄芟不顾而去。

于是薇园与予共救殷氏，移时，锄芟已取绳索至，慧真奋身愿入井，乃缒而入之。片时，复缒之上。

慧真大惊异曰："井中有一死人，果锄妹所给照上之人也，特改为男装耳。"

锄芟曰："何如？"

慧真曰："郭氏所失之物，果咸在。"

锄芟又曰："何如？"

顾谓绛英曰："田舍翁，我岂妄哉！"

时郭氏之庖人已至，予与薇园缒慧真入井，尽出诸物。庖人与镜花共负殷氏，锄芟、绛英复助予等，分携银二千两及金珠十七事入于郭氏，而奏中国女侦探之凯旋。方是时，悠文病已大减，能起坐稍谈话，闻失物咸得，亦大惊。荷官检视首饰，薇园检点其银，悉如原数，唯少一才信一封，暨洋三百元而已。

锄芟曰："是问来氏女当知之。"

98

黎明时，殷氏已更生，乃啜以薄粥而讯之。

殷氏曰："予贪极微之利，驯至今日酿成大忧，有一死而已，予亦不必自讳。予自服役郭宅，已八年矣，主人颇信任予。去年夏，有一马胜财者来，亦徐墅人，其父主人旧仆也，故主人止而舍之。予窥之而美，遂通焉。然苦无栖息处，适乌衣桥尤妪家有精舍，常止痴男怨女宿，遂私会焉。嗣后习为常，每半月或旬日，辄一叙。今年七月，郭氏一才，忽告胜财以将窃主人书一封，属胜财苟为之尽力者，当以四十金为酬。胜财利之，以告我。

"我曰：'此信既关系重要，主人必深藏之，是安可窃也?'

"胜财曰：'是不难。但先察其在何处耳。'

"予曰：'深藏之物，安从察其所在?'

"胜财曰：'嘻！其愚也。汝但察视主人藏物之处，以何所为最重要，则得之矣。'

"予闻言，颇韪之，乃细察主人藏物之处，唯荷小姐室中有一箱，常不见其开，以为是必最重要者矣。然此室中伺察最密，迄无隙可乘。及本月上旬，主人与荷小姐、梅少爷皆患小恙服药，予乘此机，乃买安眠药水一瓶，暗和入药中，三人服之，悉安睡。予乃乘机入室启箱，则见一才信固在焉。喜甚，取之而行。既念是箱既如是慎重，其中必更有贵重之物，何不更一搜检之？乃加意翻检，则果见有现银二千两，大喜，并取之，仍为锁闭如故。时喜极而狂，不复念及赃藏何处也。隔一点钟，始计及之，不觉手足无措，汗发背沾衣。忽忆宅后有一枯井，何不且投之，徐图长策？规划已定，乃乘天甫明时，启门出投之，而一才信则藏身畔。当时鬼神莫测也，已又念家中无故而失如许重要之物，主人必将执佣工而问之，是此事究未妥也。予之窃物也，为八月十四夜，于是十五日晚餐后，又以安眠药水和入三人药中，皆饮讫熟睡。自中堂通后园之门，其锁钥固予司之，是夜予乃折桂树之枝，断后窗之木，以草履一只，伪造足迹于污泥中，而抛弃之于墙边，并后门之关钥，亦均抛弃焉，以为是可以眩人耳目矣。及四更时，有微风，后园门以未关故，遽震响。主人闻声惊醒，呼予及镜花往烛之，是时镜花胆寒心怯，遂谓见一黑影，其实并无一人也。查验既未失物，遂闭门复寝，予热莲子汤一碗饮主人，瞥见床头有银二百元，又遽袖之。已乃大悔，盖如是则主人必明知窃物者之为我也。然因此而逃，则更不妥。乃姑静以俟之，而心殊忐忑。及明早，主人查验失物，初未疑及于予，心乃稍安，然终恐此案之以此事而败露也。十六日午后，觅胜财商之。

"胜财沉吟曰：'盍为怪异之事，以惑其心乎？'

"乃夜入城隍庙，窃一泥塑神，负置后园中。予早起开门，又置之庭隅草际，并于隔夜取幼时游戏之一小棺，实以一麦人，置之主人枕畔以惑之，冀主人之或不我疑也。不谓十七日，竟有一极佳之机会至。初予取一才信时，误窃峤生致主人信一封。峤生者，姓闵，先时与主人同宦湖北者也。既出，始知之，不敢更入，欲焚之以灭迹，而未暇也。十五日黎明时，自大门出，投银于枯井返，则一才信尚在身畔，而峤生信遽失之。大疑，更出寻之，沿路亦无所得，心惴惴亦唯有任之而已。不图是信适为曹三所窃，遂以此成立罪案，为薇小姐所擒。予心乃大安，胆乃益肆，窃自疑天之佑我也。既得曹三及米福泉，主人大悦，置酒与诸位姑娘共饮，不觉大醉。始胜财尝与予言，主人有一异性，每醉后，问以极机密之语，无不尽举以告人者。因谓予如欲窃一才之信，何妨以此术一试之？予以其冒险而未敢为。及是夜，荷小姐不以醉先睡，梅官寝故甚早。主人醉后，予遂以此术试之，主人果告我以小姐首饰之所在。二更后，小姐醒，及梅官俱服药，予又和以安眠药水。睡既熟，又窃其首饰，投诸枯井中。小姐首饰，计值银六七千元，予与胜财自此坐拥厚资，俨然做富家翁、富家媪之想矣。明日，小姐将至戚串家贺喜，启箧，首饰悉亡，急告主人。主人一沉思，忽言昨夜似有一女子，问我以首饰之所在。予闻之，大惧，急奔告胜财。

"胜财曰：'拥如许厚资，尚不足耶，又何佣工为？不如相偕遁。'

"予心知其不妥，而又无计以自免也，遂从之。是日，匿青果巷张氏表姊家。迨夜，与胜财仍宿尤姬处。以是时有现银二百元，颇足以奔广东。议未定，为尤姬所闻，遽自内室出，求分赃。予等始则讳饰，继则口角，尤姬绝不退让。

"时一佩刀悬壁上，胜财见之，遽萌杀心，潜拔刀置身后。方及门，尤姬曰：'汝欲遁邪？'

"遽当门立，两手据门以拒。胜财怒刺之，中胁而踣。又刺之殪。

"予睹此惨状，心折骨惊，曳胜财曰：'今杀人矣，奈何？'

"胜财曰：'勿忧，会偕汝作行计耳。'

"计划片时，予遂启户出。胜财入闹户，复窬墙出，送予至张表姊家。胜财故青帮也，家中有秘密函件多封，弃之不可，乃夜归取之。是夜，轮船抵埠甚晏，胜财乘来客入城时，混迹而出。天明，已抵徐墅矣。至家中取书，悉焚之。复出，适与一才遇。初一才使胜财窃书时，许以四十金。及得书，仅以四金相酬，胜财恨甚。是时，与一才遇，愤火陡炽，直前索之。一才言甚游移，胜财一顾视，则佩刀尚在腰间，阴念今已杀人矣，予之行踪，唯一才备知之，留之，是自求祸也。出不意又刺杀之。乃北行五里许，弃其刀，而逆行入城，告予。予大惊，事既已无可如何，乃相与定行计，约昨夜取物，今日启行。及二更许，胜财来与予偕至井上，一路同行时，目动而言肆，予大疑之。既忽心动，念胜财既已杀人，于路挈一女子行，必大不便，是必弃我而取财以行也。心大愤，念与人负我，宁我负人。至井上，予以巨绠缒之下，及半遽断之，恐其不死，又下石焉。当时寸心无主，遽然为之。既下石，乃念我自此将如何？以我一人而死者三焉。既杀人矣，财亦不可得，身更无所归。阳诛阴谴，两不可逭，可若何？念至此，觉百脉震动，万念皆灰，顷刻无以自主，遂至结带自缢。嗟乎！予以一念之贪，酿成如是之大祸，迄今日而种种恐怖忧惧之念，交迫寸心，除速死外，无他途矣，尚何言哉！"

众闻言，咸骇叹不置，乃问锄芟曰："此案妹何以探得之？"

锄芟曰："此所谓似艰深而实浅近也。当十六日早，悠文告予时，予即疑系家贼所为。何则？枕畔二百元，顷刻不翼而飞，箧笥之位置如故，而银信遽然失去，又绝无贼人入室之形迹，此非家贼，其谁为之？然家贼之范围颇广，不独现居此宅者，盖人人可为家贼也。迨履勘后园而益信，则以污泥中之足迹，虽与草履相符合，然足迹至如是之深，而履不陷落于污泥之中，其系履之带必其紧，窬墙时又焉能堕落乎？窗木虽断，而室中绝无生人自窗而下之形迹。且既能窬墙者，其身必轻健，必不借桂枝为攀缘之具，即使偶一着手，亦绝无断折之理。凡此诸端，其出于伪为者，形迹显然。予初尚疑窃洋与窃银信者为二人，以窃银币之事，智虑太浅也。然舍此之外，亦绝无可疑之人。即外贼入室窃物，亦绝无伪造自外而入之证据之理，于是知殷氏外无他人。殷氏与胜财之有往来，胜财之为青帮，予夙知之，固已疑其通谋矣。是日午后，予出门一行，即往踪迹彼等者也，然未能确知其寄迹处。迨明日有小棺泥神之异，予于是益知此事为家贼所为。及至城隍庙一行，则造后园中种种伪证据者之为殷氏，而殷氏之与胜财内外通谋，亦于是乎益显。盖荷姊后窗之木，与城隍庙之殿栅，俱系斧断。而荷姊后窗之木，断之者会屡劈之，而后遂其愿。城隍庙之殿栅则一斧而断，极其爽利，以是知断城隍庙之殿栅者，其力大。断荷姊后窗之木者，其力微。一为胜财所为，一为殷氏所为，灼然可见。因思更探胜财栖止何处，念尤妪家最静僻，作奸犯科者，多以是为遁逃薮。乃于傍晚时，伪为一邮局之送信者，入其室觇之。见尤妪手持一照片，宛似胜财，心大疑。乃至各照相馆遍觅之，果得一女装之男子，面目宛然胜财也。予于是知胜财、殷氏之必以尤妪家为栖止处。及傍晚，薇姊及予姊捕获曹三及福泉，予乃疑此二人与此案并有关系。然曹三既窃峤生信，何以尚留之家中，露一破绽，实令人增疑，思之不能得。明日，乃思自往福泉家一探之，至天宁寺旁，坐石上暂憩，一沉思而予姊适至，以悠文之病告矣。是日，遂沉滞于医药中，未获更从事侦探。及明日，闻一才死，予臆测必为殷氏等杀之以灭口者，观其行凶之出于猝然可知也。及闻北方五里外有一刀，验之，与行凶之刀符合，予乃决知此贼之尚在城中。盖既已杀人，安有自遗其刀而示人以追袭之余者，其必遗刀于北，而南行入城可知也。迨尤妪被杀，而头绪益纷繁矣。是时，所最宜注意者，凡有二端：一则杀尤妪与杀一才者，果为一人与否？一则此杀人之贼，果从何处遁逃？欲决定第一问题，则杀尤妪之刀，即杀一才之刀，为两血案系一人所犯之确证。然此两血案，一在城内，一在城外，使俟开城而后出，则自城至徐墅，须行三十里，为时已非早，必不能于垄畔杀人。故予亲至东、南、北三门，探听有无黉夜出城之人，而西门尤宜注意。因托予姊问之，轮船到埠果甚迟，则知胜财必混迹船客中出城可知矣。因此而第一问题，可暂假定。至第二问题，则殊难措手，因即第一问题侦探之结果，为假定之前提，研究胜财之所以杀尤妪者，将为灭口计与，抑别有他故与。如谓为灭口计，则于情太远。尤妪以其家为奸夫淫妇薮，亦属非义之事，安能更讦发人？则毋宁谓为有他故。既曰有他故，则又有一问题相缘而生焉，即胜财与殷氏所窃之物，果藏何处是也。王广荣谓死者曾失一表及一藤篮，予因疑赃物既藏尤妪家藤篮中，特不知胜财杀尤妪后，取其藤篮以行与？抑尤妪未杀以前，将藤篮藏之他所，以致争斗而相杀也。如谓尤妪之藤篮早藏他所，则以万金之巨财，胜财等决不肯舍，必尚思踪迹之，是尚可从此着手也。因请薇姊、绛姊、慧姊等，出西门觇胜财，而身至与尤妪交情最密之时妪家探之，不图两处皆无所得。予以为势必取财而去，伏匿乡间矣，而不意其丧身于一枯井也。顷余遇此，见断绳一截，遗井栏上，心窃异。因乘月光微窥之，则井故不深，见隐约中，其下有物絷然。而缒其上者之殷氏，适同时发现，于是恍然于物之在是中矣。"

语毕，殷氏亦太息曰："小姐之心思如此周密，我辈纵不自投罗网，亦终难逃法网矣，恶之不可为也如此。"

于是释曹三、福泉，送殷氏于官。

翌日，扼吭自杀。官更研讯来寡妇之女，乃得其实情。盖寡妇久与一才通，十八夜，一才宿寡妇处，示以窃得之书曰："吾将自此富矣。"

寡妇因向索财。

一才曰："今尚未富，何财之有？"

寡妇乃乘其睡，窃之。一才醒索之，寡妇不与，曰："欲得此书者，必以千金饷我，不然，我送此书于悠文，获厚赏耳。"

一才怒殴之，寡妇愤而自缢。

其女初以仇人已被杀，耻母失节，故不言其实情也。

官嗟叹，问以一才信之所在，则曰："吾母被殴后，已焚之矣。"

及重阳日，悠文病愈，城隍庙僧及吴次克等，相约携酒来饷予等云。

（原署名：阳湖吕侠，商务印书馆，1907 年 7 月初版）

未来教育史

第一回　寄一缄寓意写牢骚　分两部热心论教育

万树苍烟，夕阳欲下。忽有人手持信包，走进一家门里道："有人吗?"

里面闻声，走出一个人来问道："什么事?"

那人道："有一封信在这里。"

此人接过来一看，见信面上写着"苏州阊门外黄率夫君手启，萍生缄"，便拿着信进去了。送信的人自去。你道这接信的是什么人? 原来就是黄率夫。当时走进书房里，把信拆开一看，却是一首七言律诗，道：

教馆原来是下流，傍人门户过春秋。

半饥半饱清闲客，无锁无枷自在囚。

课少父兄嫌懒惰，功多子弟结冤仇。

他年便作青云客，难掩今朝一半羞。

率夫看了，沉吟了一会儿道："这是我上次写信给他，问他今年教书，馆中功课如何。劝他在这教育上头，尽一点国民的义务。所以他如今发起牢骚来了。且慢，待我写封信给他。"便拂纸磨墨，写了一封信道：

萍生足下：得来函，不着一字，知君胸有块垒矣！敬叠原韵一章奉寄，弟不日将之镇江一行。良晤在即，统俟面谈，不尽欲语。弟英顿首。

又写了一首诗道：

探索三坟挹九流，名山著述自春秋。

且随鹿洞矜齐偶，漫向莺朋泣楚囚。

猿鹤前尘怀国耻，豺狼当道悉民仇。

黑头自趁年华好，莫待菱花两鬓羞。

写完了，又写好了信面，把信和诗都封好，唤仆人送到邮局里去了。又过了几天，率夫收拾行李，附了小火轮到镇江。此时正是十二月初旬，积雪初融，寒风刺骨。率夫把行李都搬到一个姑母家里，消停了一天。次日顺便望了几处亲戚，到傍晚时候便一个人走到萍生家里来。才进门，只见三间破旧的大厅，横七竖八，坐了十几个小孩子，一阵读书嬉笑之声，直钻入耳鼓内。只见那些小孩子，也有在地下打滚的，也有相骂的，也有手里弄玩具口里读书的，也有望着他们笑的。率夫只道萍生不在家。走进厅上去，一望，只见厅西面一间屋子里，靠窗子放着一张桌子，萍生正坐在那里看书。率夫走进来，他也没看见。率夫一步步蹑到房里，立在他身后，把他肩上一拍道："萍生！"

萍生吃了一惊，猛回头见是率夫，站了起来，旋转身握着率夫的手道："你几时来的？我望你多时了。"

率夫道："昨儿才来的，你一向好？"

萍生道："多谢你！还好。"便道，"我们出去吃茶吧，这里不是你坐的地方。"

率夫道："也好！"

萍生蹑到门口，说一声："回去吧！"

众学生听了这一句，犹如皇恩大赦，各人抱了一本书便走，一阵的乱躁，抢出中门。一个小孩子又绊跌了，在地下哭。萍生携着率夫的手，走了出来，倒像不看见一般。率夫忙去扶了起来。萍生道："随他去，便是一天到晚打跤的，哪里扶得尽许多。"

率夫听了，很觉得诧异，一时说不出什么话，便问他道："你馆中课程完了吗？"

萍生道："没有什么完不完的，到这时候，便放学。"

率夫听着，觉得更诧异了。一路走到茶馆子里，两人进去，拣了一张桌子坐下。

率夫先问他道："你今年怎么样？"

萍生道："还不是这个样子，有什么好处？"

率夫道："我上次寄你一封信，还有一首诗，你接到了吗？"

萍生道："接到了。你这首诗，真是与我大异其趣了。"

率夫道："怎么大异其趣？"

萍生道："你还不看见我的诗！"

说着，两个人都笑起来。

率夫道："你今年馆谷有多少？"

萍生道："说它则甚？"

率夫道："你明年还在这里吗？"

萍生道："也没有什么在这里，不在这里的，没有什么事情，也只得如此。有什么事情做，要走就走，倒很自由呢。"

率夫道："你一年的约，都没有同人家订定吗？"

萍生道："有什么约不约？这几个钱，还要买人家的身子吗？"

率夫道："你现在馆中用什么教法？"

萍生道："也没有什么教法，总不过胡缠缠罢了。"

率夫道："你近来看什么新书没有？"

萍生道："倒也看得好几部。初时我原没钱买，后来有人在这里开了一个图书馆，无论什么人，都可以去借看的。因此我也看得许多。"

率夫道："你看过什么教育书没有？"

萍生道："也略看过几部。"

率夫道："你看西洋人的教法好不好？"

萍生道："那自然是好的，不是如此，欧美的国民，如何能在世界上称雄呢？"

率夫道："你既知道新教法好，为什么还把这些陈腐的法子去教人？"

萍生笑一笑，不言语。

率夫也笑道："你这就未免言行相悖了。"

萍生笑道："你难道还不知道我的心？"

率夫道："你的心，我只知道你是光明正大的，若是言行相悖的心，我就不知道了。"

说着两人都笑。

萍生道："你不知道我有多少难处。"

率夫道："有什么难处？"

萍生道："你不是个中人，说也不知道的。"

率夫道："一会子又说我知道，一会子又说我不知道，这就真奇怪了！到底我知道不知道？"

萍生道："这也问你罢了。"

率夫道："都是你说的，如何问我呢？"

萍生一笑。

率夫道："真的有什么难处，同我说。你我的交情，还有什么隐讳吗？不同我说，我今儿便和你绝交了！"

萍生道："别慌，我和你说。我原不是教书的人，你看现在一班的教书先生，都是些什么人呢？他们大概是从小读了几句四书五经，其实一字也没有读得懂。到大了，下笔写一张条子，还写不通呢！这些人，要他肩挑贸易，是不能了；要他做别的劳心的事业，又是不能。若说中举人、中进士、点翰林，吃那俗话所说的空心饭呢，额子只有这个数，像买彩票一般，总是不着的人多，着的人少。一般人受了天演中的淘汰，自然而然，都以此为窟穴了。老兄，你看我是哪一种人，难道淮阴还与哙等为伍吗？近年来，我所以如此，只为有一个娘在；若说剩我一个人，我也天涯地角断梗飘蓬任意去了。只还有老母在，不能听她冻馁。若说找事情做呢？社会上不是有了才具，就可以谋生的。所以我也只得落在这陷阱里。其实，我岂是这一般人？所以我亦不过借它做个过渡时代。至于各人的盛德大业，各人自有目的，难道就这般混了一世吗？老兄你道这话是不是？"

率夫道："什么叫借它做个过渡时代？"

萍生道："我现在不过借此趁几个钱养活了老母。再过几年，我就自己图自己的事业去了，难道还向此中讨生活不成？"

率夫道："只有一句话，你现在借此趁钱，又不同人家尽些心，这不也是你所说的空心饭吗？"

萍生道："谁高兴终年子忙了，得他们这几个钱？还有呢，把一个学生送在书房里，就像自己是资本家，你是做工的一般，件件事情，不敢不遵他的命令了，件件事来指派你，件件事来憎嫌你，倒像你该做他的奴隶牛马一般。老兄，我现在手里虽没有钱，我也是世家子弟，难道这几个钱，我都没有看见吗？有了这几个钱，就要摆出这主人样子，叫人做他的奴隶牛马，这种人，真是心死尽了，真正是奴隶性质达于极点了。奴隶的钱，不骗他几个使用做什么？我待他们的法子，还算是惩一儆百。我自己的纳污含垢，还算是能屈能伸呢？"

率夫道："依我看，我们所处的境况，无论何时何地，总没有不可以做事的。若说抛开了现在的境界，倒希望将来做事业，怕的将来的事业没有做成，现在的事业先已抛掉。到后来不免要追悔呢！况且你说现在境界不能做事，要希望着将来，这希望原是个个人都有。但依我的意思，现在紧要的事务，正在这教育上头。怎么讲呢？你看现在世界上的强国，哪一个不是他社会先强，若说民气柔靡时，这国也万万不能强立。不说别的，只说英国。英国不是世界上第一强国吗？推本穷原，不是英国的国民个个人能自立，如何能够这样呢？这还说英国的教育，是近年来再整顿，教育制度，不算是西洋极整齐的。至于德国呢，从前破碎支离的国度，如今竟算欧洲牛耳之国，这不是教育的功劳吗？所以到师丹①大克以来，毛奇将军不说是战士的功劳，反说是小学校生徒的力量。这真是知本之言了。至于俄国疆域之大，算作世界第一。有些人比他是六国时候的强秦，到如今，竟被日本人几仗就打败了。这不是他教育不普及的效验吗？我以为，不独德国的整顿学校，就做了欧洲的强国，算作这教育强国上的明效大验；就是日本人，有些人虽议论他的教育，还没有算十分进步，其实，他立国以来，几千年的武士道、大和魂，那强毅尚武的气概，就算是固有的教育了，这不是今日战胜的根本吗？至于英国那一种自治保守富于实行的性质，几千年来深入国民的骨髓，成了风俗，也就算他

---

① 编者按：师丹，即 Sedan，今译色当。师丹大克即 1870 年 9 月法国与普鲁士国的色当战役，此役导致法兰西第二帝国的覆灭。

教育的本来面目了。今日作《万国教育志》的人，你看他论到英国的教育，还不是把这一件算他们教育的特色吗？所以我说教育不必泥定有形无形，至于没有教育，国总不能强，这就是一定不移之论了！老兄你看今日中国的教育，是怎么样？据此看来，我们该做的事业，是那一件。你还说这现在的境界，不能够做事情，要想等将来吗？"

萍生道："这原是但依我的意思，你的话大致如此，还差了些分寸呢！"

率夫道："怎么样？"

萍生道："凡事最怕的是一盘散沙，像中国今日的教育，就有一二个人讲究，其余都是在暗里走路的。就使有一两个人才，正是俗话说的，独木不成林，单丝不成线。况且外国的教育的好处，全在乎通国一律，所以在学校的时候，已是一个军队的精神，出了学校，个个人学问相同，自然而然情投意合，民气就团结起来了。像现在的中国，别说是没有讲求教育的人，就是有讲求教育的人，你是这样，他是那样，非但不能叫国民的心志从此齐一，怕的还要生了党同伐异之见呢？你看历代的党祸哪一个不是从学术上生出来的？虽然有君子与小人争、君子与君子争的不同，究竟是私意未除，不能自克。洞明时势的人少，固执成见的人多；热心国事的人少，沽名钓誉的人多。这就是我们读史的人的绝大隐痛了。所以我说现在中国，要讲教育，除非把全国合作一气不成功。把全国联作一气，我们现在，就万万无此力量。只有一法，合些同志的人讲学，个个都是同心同学问的，一到任事的时候，一呼百集，到处都是我们的同志，这就天下事易于措手了。若说不然，一个人握了事权，到处都是不知名姓的人，相信他又不好，不相信他又不好，这说难于见功了。所以我说现在的亟务，是教育成才的人，不是教育小孩子。若但教育小孩子，就河清人寿了，就使我们握不到事权，同志的人多了，散在天下，也总有作为的。莫说别的，就说讲求教育，也容易齐一了。但是照此做法，非得自己的智识道德，都有把握做不到的。我现在自己揣度自己，还没有这般本领，所以还迟迟不发呢！老兄，我若要讲教育，就是这样做去。若照你的话，这人用心教一个蒙馆，那人出力办一个学堂，自然，天下哪有多几个人讲求反而不好的。但是这些人，面也不见，信也不通，学问宗旨，又自各人各法，各庙各菩萨，就见了面也不会投契共事的。这种人散在天下，就如一盘散沙，有了事变，依然同没有这几个人一样，这就是论理上的比较的好处，不是事实上的绝对的好处了。老兄，你看现在的时势，照这样的法子去做，怕等你不及了。所以我说你的话，分寸还有些不对。"

率夫道："天不早了，我们去吃酒吧！"

萍生踌躇道："论理，你今儿初到，该我请你，今儿身边没有钱。"

率夫抢着道："谁来同你讲这些女人讲的话，快些走！不走，我要气闷了。"

于是两个人会了茶钱，一同走出茶馆。只走过去几家，就是酒店了。两人走进去，坐定了。酒保来问，吩咐定了酒菜。

率夫道："你说我的话有些分寸不对，我说你的话，也有些分寸不对。"

萍生道："怎么讲?"

率夫道："你说要国强，一定要国民的心志齐一，气脉团结，这话是一丝一毫不差的。但说是教育专主于成材，不主于青年，这就自相矛盾了。若是如此，民心如何会齐一，民气如何会团结呢？所以，你说的话，充其量不过组织了一个政党。若说教育，是去题万里的。你想，国民都没有教育，倒添了一班政党。又是在专制国里，没有宪法，这不是愈加危险吗？况且依你说的话，要联合了一班同志，到天下去办事，好齐力并举，这也是万万做不到的，不过是理想上的话。你想，孔子三千弟子，四科不过十人，至于以讲学仕事的人呢，近世最著的是罗泽南，也不能像你的话。那些历代讲学的大儒，哪一个不是抱着你的思想，却有哪一个是做得到的？所以，我说你不过是理想上的话。"

萍生道："依你讲怎么样呢?"

率夫道："依我说，要讲教育，自然要从普通教育、国民教育入手，才好在这世界上竞争。至于你说的话，何尝不是，但只能同我讲的话兼行并进，万不能抛了我的话，单做你的话的。果然如此，就是有政党没有国民了，还想强国吗？"

萍生沉思一会儿道："也不错。依你的话，又是怎样子叫通国的教育齐一呢？依我看，若是教育不齐一，终究是国不能强的。"

正说着，酒保已烫酒上来了，两人吃着。

率夫道："我也有个说法。现在依我的意思，想开一个大大的中国教育会，却分为两支：一是中国南部教育会，一是中国北部教育会，合成了便是一个中国的教育会。至于边省或者言语风俗有些异同，应得另设一分会，那就要临时斟酌了。这样说，外面看不过是一个中国教育会，其实从内部讲，确是一个文部省的责任呢。一切教育制度，都是会里拟定了，请命于学务大臣，他批准了，就好实行。一切事务，原是我们办的，中国的官，有人这样子帮他的忙，还有什么不情愿的吗？这件事，又不触时忌。依我说来，行之二十年，必然有效。比那天天谈革命、天天谈立宪的人，强得多呢！但是空手不能做事，要是办这件事，总得先有些实验。所以我想明年，先在苏州设一个小学堂，做了基本，以后再商量这件事呢。我这回子来，一者是到姑母家里，有些事情；二者也为这件事，找你商议。

若是学堂开了，还要借重你呢！"

萍生听了，不觉喜得手舞足蹈道："这样说，我的学问也有个试验场了！"

率夫笑道："照你现在的行径，是不与啊！"

萍生道："老兄，你当我真是这般的人？我也有个道理。"

率夫笑道："有什么道理？"

萍生笑道："我不过借此赚几个钱。"

率夫笑道："讲来讲去，还是这一句话。你就使组织成了一个政党，也无非是赚钱的政党了。"

萍生笑道："哪有这话？老兄，你听我讲：大凡一个人不能不吃饭，便做事的，有了劳力，就该有报酬，却现在没有这个垫场来养成我这个人物。所以我说我现得了人家的钱，不同人家尽力，不过是暂时借一借，将来原是会还的。比如卢梭，也偷人的表，他的《民约论》出版，难道还算通负其群吗？我的事业，将来若做成了，他们得的好处还多呢，何在乎现时借贷一借贷？这不过是经济上一个复杂算题罢了。"

率夫道："这话何尝不是。但依我说，凡人在社会上，总要负几分困难的。比如，你现在又要企图将来的事业，又要谋现在的经济，这就是你负的困难了。但是要办事业，先要负得起困难，负不起困难，是一定办不成事业的。古人说：'行一不义，杀一不辜，而得天下，有所不为。'难道这正负的差数，还抵上你所说复杂经济算题？不过，古人总不肯做一件亏心事罢了。比如，你现在挂着将来的事业，便把现在的行谊抛掉了，这不是'行一不义，杀一不辜，而得天下'之类吗？我道：这不算我们能赴其目的的真凭，却是我们负不起困难的实据。平心而论，便不能无愧了。"

萍生听了，也爽然自失道："哥哥的话，真没一句不是，我的话，都是胡言乱道了。"

当时酒终而散。

正是：

酒逢知己千杯少，话不投机半句多。

未知后事如何，且待下回分解。

第二回　训蒙童塾师夸秘诀　访奇女良夜话平生

且说萍生当夜回去了，把率夫的话，思前想后，觉得句句打入心坎里，说着自己的毛病。自己细想自己从前的行径，倒像一杯冷水浇在背上，直觉得不可以为人。一时间翻来覆去，几乎一夜睡不着，直到天明了，方才略睡一睡。到七点多钟时分，便起来了。一想今年晚了，做不出事，便想抖擞起精神，明年大加振作一番。一吃过早饭，马上就去望率夫。跑到率夫的姑母家，已是出去了。没奈何跑了回来，路上一想，现在要整顿教育，第一件是改良教师。现在虽说开学堂，但以我看来，至少十年以内，教育的大权，一半总还在这些塾师手里，总得叫他们革新面目，这才与学堂相辅而行，中国的教育焕然改观了。何不趁此年底，空了没事，去运动他们几个。若得他们听我的话，也算我尽了一分心力了。想着，便信步走到一个陈由章家。

这陈由章原是一个教书先生，他却从二十岁到五十多岁，足有三十多年，都是坐的蒙馆，专在家里收些小学生，从没有教过年纪大的。为什么呢？也有个缘故。这陈先生从小读书，原没有读得成功，所以教几句四书五经，还可以教得，若说要教人作文，这就有些束手了。所以他书房里，专教些小学生，却也是个度德量力的道理。但他教学生，也有个法子。一天到晚，功课虽然不很认真，他却拿出那狱吏待囚徒的手段，动一动身就是骂，说一句话就是打。一个不好，还要跪钱板，罚了不许吃饭，磨几个夜深，陪了学生读书。所以在他书面房里出来的学生，虽然一物不知，但他认真教育的大名，早已有在外头。所以人家不怪他的教育不好，只说是自己的子弟笨，却还羡慕他的教法认真。所以年又一年，从他的人倒很多，他也靠着这自行以上，着实积聚着几文了。这天看见萍生来，便摆出老世伯的面孔，在凳子上略站一站起来道："你来了吗？"

萍生答应了一声是，两人坐下。

由章问道："你几时放学了？"

萍生道："总在这几天。"

由章道："究竟你是几时放学？"

萍生道："大约是十一二。"

由章道："这样早吗？"

萍生道："坐了一年，气闷得很，早些放了学散散。"

由章道："我倒同你讲，这坐书房啊，放学是万万不能早的，为什么呢？我同你说……"

说着，把胡子一抹，又把戒尺在桌子上一拍，道："还不念吗？"

这些学生正在静悄悄地听说话，听见戒尺一拍的声音，吓得魂都飞掉了，连忙直了喉咙，一个个都喊起来。这萍生虽然也教书，他却又是一种，是一年四季把学生的事在脑袋不管的，所以有客人来了，都是随学生去闹，自己却同朋友讲话。如今给由章的学生直了喉咙一喊，喊的话都听不见了，很觉得不便。况且还有一层，他向来教书是同学生坐在两间屋子里的，又把窗子开了，空气倒也觉得很流通。如今给由章的学生一齐塞满了屋子，觉得气都透不转了。又很不舒服，便向由章道："我们到个空处去说话吧！"

由章道："也好，我伴你吃茶去。"

于是两个人一直走出来，由章在路上又把胡子抹了一抹道："我同你说，这放学为什么不能早呢？大凡我们教书的人，最紧要的是得人家相信，得人家相信的法子，倒也不很难。无非是叫人看得我们认真罢了。哼，就这一点子，说来容易，做到倒也很难。所以我初教书的时候，立下一句话，是叫作'做一行，像一行'。我既吃这碗教书的饭，别的事都不管了，人家坐书房，总说是借此用功，想要考什么翰林、进士、秀才、举人，我却不做这个妄想。只要年年给我有馆地，混了过去，我的衣食也就够了。所以我一教书之后，我书是立定志气一句也不念、一句也不看的。横竖教这几句四书五经，还怕的不会教吗？一天到晚，眼睛总在学生的身上。这样子，自然他们走板不到哪里去了。再者是……"

说到此，已到茶馆门口了，两人走进去坐定了，堂倌便来泡茶。

由章又说道："还有一件呢，是不看朋友。朋友来望我，我总请他在书房里坐，从不同他出去，喝茶喝酒的钱，又花掉了，给东家撞见了，又说我们不认真。"说着笑道，"我今儿请你，还算是破格的事呢！"

萍生道："承情之极！"

由章笑道："一者，我也是牌子老了，不怕人家说什么。

二者呢，将要近年了，散淡些也不妨。三者呢，我同你们老人家是极有交情的，从前多承他照顾，我没有的时候，总借给我用，有时候还送给我。所以，我如今这几句话，才肯告诉你，若是别人呢，还要算作独得之秘呢，哪一个肯同你说这个话！"

萍生道："承世伯念及先人的情谊，格外垂青，小侄就万分感激了。"

正说间，堂倌送上手巾来，由章抹着脸道："这倒也不值什么，我不过齿牙余惠罢了。"

萍生道："什么话，老伯的一句好话，小侄终身受用，千金万金，还抵不来呢！"

由章道："我同你讲，我这教馆，就是正月十一日开学，月半再放一天，十六就开学，自余逢时遇节，我一概总是放假一天，到了送灶日子，再放学，这是一定不得走板的。三十几年来，总是这个样子。所以我坐了几十年馆，倒也很有些名誉呢。我从前的朋友有些人很想上进，天天自己用功读文章，到了后来，运命不济，功名仍旧没有上去，馆况倒还都不及我呢！"说着，拍着萍生的肩道，"老侄啊！这是我知己的话，同你讲，千万别等闲听过了。"

萍生道："承老伯厚意，铭感极了。但是小侄的意思……"

正说着，由章又靠近了萍生低声道："还有一层呢，我同你讲这晚一点放学的奥妙。我们一年到头在书房里，学生的功课，哪里能个个人都认真。我也说句良心话，我近来几年在书房里，除是我自己两个小孩子功课认真一点子，其余的学生，也无非胡缠缠罢了。你想，一天到晚，要教二十几个学生，哪里能够一个个都认真。这句话，无非欺他们不识字的人罢了。设或早放了学，或者他们回去了，有什么在行的亲戚，或是自己略读过几句书的人，考查起功课来，背背书，又是背不出，讲讲书，又是讲不出，这不是完了吗？所以我一定要到送灶日子才放学，那时候大家年事匆忙，也未必去查考到学生的功课了，就是十分认真的人家，看了孩子已是认真了一年，也不肯再去叫他念书了。这不是很好的法子吗？所以我三十年来，总是用这个法子，你看怎么样？"

说着，用手拈着胡子，很有得意的样子。

萍生道："老伯的话是极了，但依小侄的意思，现在的时势，不是从前了，倒也要变些法子才好。"

由章道："依你的意思怎样讲呢？"

萍生道："刚才老伯不是说教书全靠人家相信吗？比如，老伯现在一年没有馆怎么样呢？"

由章道："那总该还可以支持吧！"

萍生道："两年呢？"

由章道："那可要把我的老本挖尽了！"

萍生道："三年呢？"

由章道："那可要饿死我了！"

萍生道："这样说，老伯现在坐馆，全靠人家相信。照老伯现在的教法，再过几年，怕再认真也没人相信了。"

由章道："你这话怎么讲？"

萍生道："依我看，现在的时势，凡事总要讲究些实在。"

由章道："你这话怎么知道的？"

萍生的话还没有说出，由章仰着脸把胡子一抹道："哦！我知道你的话，又是什么新书上看来的。"

萍生道："正是。"

由章道："你莫非又是什么图书馆里去领来看的吗？怪道我从前一个女学生，就住在我隔壁，近来也看了几句图书馆里面教育书，昨儿我去望她，她还说是旧时的教法不好，要劝我换些新教法呢！我当她是小孩子的说话，没有去理她。如今你又说这话，敢是有些道理了。你且说是怎么样？"

萍生道："凡事总要求个实在。所以小孩子要人教训，也不是别的，不过是教他一个做人的道理，教他将来在世界上，可以做一个人。比如现在人家书房里，无非教小孩子念些《大学》《中庸》，这些话小孩子懂吗？不要说别的，就是'在明明德'一句，两个'明'字撞在一处，怕的小孩子就缠不清。再说，文法容易讲些的呢。'大学之道'四个字，自然是容易讲的了，却这'大学'两个字，古人有多少典章文物在里头，这个一时讲得清吗？况且就使讲清了，小孩子出了书房门，依旧是个没用。老伯，你想读了古书，要想书上的话可以体贴到身心，这是要有学问的人，中年以后，才知道呢！难道这些人中年以后，忽然聪明吗？无非是书上的道理太高，叫人家不容易领悟罢了。所以教小孩子的法子，没有别样，无非是用些浅近的课本书，就眼前的事物指点，叫他明白事情，明白道理。将来出了书房，不说是做大英雄、大豪杰，总是一个明白事理的人。况且又教些算学写信，如此读一年书，就受一年之益，读两年书，就受两年之益。在书房里一两年的工夫，终身受用不尽了。若照现在的教法，我们哪一个是靠着书房里的功课受用的呢？莫说别的，就写封把信，也是我们自己留心学习的呢！"

由章道："这话原不错。但一天到晚，倒有二十来个人要讲书，我一个人来得及吗？况且读书可以随他们自己读，讲书总得要我一个人替他讲，讲到这个，那个倒没有事了。"

萍生道："不是这样说。依我的话，老伯不但不会忙，而且还好空些呢！这讲书不要一个个人讲，可以合在一处讲的。这样说，向来要教二十几个人的书，如今只要一次了，不是很省力吗？"

由章道："这样说，一天到晚，不读书吗？人家倒要说你是个洋学堂，还哪个敢来请教你?"

萍生道:"也不是不读书，书是终归于要读的。但小孩子总不相宜读经书，是万万不能懂的。无非读些国文教科书之类。老伯一定要读经，拣些浅近容易懂的，同班教读。这是钦定章程上也有的，那就不须拘定了。"

由章道:"这多年的教法，忽然一天改变了，对人家却如何讲呢?"

萍生道:"这有什么难讲? 老伯只请他们的家里人来，对他说，现在皇上家变法了，科举要废，从前的秀才、举人、翰林、进士，都要从学堂考出来，我也要变个法子，照学堂里的规矩教了。这有谁会不愿意呢? 况且像老伯教了多年书，人家个个都信了，说出话来就更灵。不比初出来的人，说话没人信呢! 不是这样，再隔几年，学堂一定多的，就是教书的人也渐渐地把法子变了。那时候人家书房里出来的学生，个个都能写信了，能看书了，能算账了，老伯书房里出来的学生，还是一物不知的，这还有人来请教老伯吗? 到那时方想改变，人家也要笑老伯是学人的样子了。不如现在就变在前头，叫人家学老伯的样子，那相信老伯的人，还很多呢! 况且联络学生的父兄，教育学上原是有的，老伯明年的学生，现在总也定规了，趁这年假的时候，请他们来吃碗茶，同他们谈谈，改了明年的课程，既出了名，又省了力。到出名之后，或者还有人来请老

129

伯去当学堂的教习呢！这不是俗话说的'线长好放远风筝，一线乘风万里行'嘛！老伯听小侄的话，是不是？"

由章听他一席的话，也点头道："真是你们年轻人有见识，我倒要请教你了。"

说着，已是十点多钟，两人便各自散了。不说由章回去了怎么样，且说萍生到了家，学生都知道他放学了，一个也没有来。萍生在家里，看了半本书，吃过了饭，在厅上闲步片刻。忽然送报人送了一张日报来，萍生接过来看了，才看过半张，忽然想起率夫昨夜谈的教育会来。按下报，一想，觉得这件事不妥的地方很多，仔细想一想，觉真的行不过去了。便回到书房里，把报看完了，一路走来，想率夫的话，有些行不通。要再想什么法子，整顿中国的教育，一时也想不出。又想了一会儿，已到率夫的门口了，进去一问，又不在家，却有个家人递出一封信来，上写着"送呈周萍生君鉴"，知道他留在家里，叫家人送来的，便抽出信来一看：

早归知承极顾，失迓为罪。今日有事，明早奉访，请稍待，为感。

萍生兄鉴。

弟黄英顿首

萍生看了，也没奈何，把信藏在身边。一路走出去，猛然想道：有了！有了！率夫的教育会，有些不能行，我这主意，是一定行得的了。于是又望了两个朋友，把告诉由章的话，去告诉他们，都疑信参半的。萍生信步回来，天短，早已夕阳西下了。萍生走过一条街，便进一家门里。你道这一家是谁呢？原来是常州府城里一个布衣姓王名师后，这人从小有些僻性，从没有做过时文，也从没有应过试，人是在家里闭户读书。娶妻盛氏名华，也是个贯串经史的女豪杰。两人倒合着了许多书，只是天不佑人，说是己亥年邻家失火，把他家的屋子延烧尽了。历年的藏书著述，都付之一炬。次年师后便身死了，再过一年，盛华又死。无子，只遗下一个女儿，小名阿辛的，已是十五岁了，无以过活，便到镇江来投靠盛华一个义姊，姓夏名恢的。夏恢嫁在宋家，丈夫已死，儿子已娶了媳妇，又死了。阿辛住了半年，夏恢又一病而死，一家里就剩了他一个媳妇，和一个寄居的阿辛。这阿辛年纪虽小，她倒是能文能武的一个俊才呢！而且具有一种怜才的热肠。她原与萍生熟识，尝说生平遇见的奇男子，只有一个周萍生。萍生也说生平遇见的奇女子，只有一个王阿辛。这天跑到阿辛家里来，时已傍晚，阿辛听见门响，迎了出来，见是萍生，便走近前来道："哥哥来了吗？"

萍生道："来了。"

二人同到书房里坐下。阿辛道："昨儿叫个人来望你，你不在家，到哪里去的？"

　　萍生道："同一个朋友去吃酒的。"

　　阿辛道："是什么朋友？"

　　萍生道："苏州来的朋友。"

　　阿辛道："就是你前说的那黄率夫吗？"

　　萍生道："正是。"

　　阿辛道："像这朋友，就算是难得的了。现今世界，得了人家的好处，转眼不相识的人很多，难得他一点儿亦没有得过你的力，却还时常照应你。"

　　此时，萍生本是盛气而来，被阿辛的柔情蜜意，把他牵住，一种英雄气概，救家救国的念头，也消掉一半了。只见案头拥着一张纸，顺手取过来一看，却是天晚，已看不清了。正好丫鬟送了灯来，就灯下一看，原来是自己作的一首《满江红》词。萍生便念道：

　　　　怅望尘寰，空孤负，十年泪眼。君不见，九回肠断，还萦愁线。健骨浑疑霜字隼，无巢却似秋来燕。叹人生，哀乐路偏长，情何限。　　匝地草，寒应颤。长空鸟，飞应倦。借黑甜梦境，酒红人面。俗士何知萧史贵，无财长使英雄贱。莫等闲，负了好韶华，空凄恋。

　　看了，却又想到率夫的话，觉得自己悲时感遇的一副衷曲，算不得个真豪杰，便不免怀惭。要待决意立行呢？见了阿辛的一缕柔情，又被她牵住。此中情况，真是近人诗中所说"公情私爱玄黄构，寸寸灵台总战场"了。

　　正吟哦间，阿辛问道："你那朋友，到这里来，有什么事找你吗？还是顺便来望望你的？"

　　萍生道："也没有什么事，他到他姑母家里去，顺便望望我的。他倒说明年开学堂，打算请我帮他的忙呢！"

　　阿辛道："哦！那么你明年的景况，倒该比今年好些了。我且问你，他的话作准不作准？"

　　萍生道："我这朋友讲话，该是不得错的，他从不会讲假话。"

　　阿辛道："这种好朋友，真是难得了，确你的才具也好，所以人家要请教你。"

　　萍生道："哪有什么才具呢？"

　　阿辛道："只你待人太直了，处处总当人家是好人，其实不然的，就要吃亏。明年，你若是出去，这上头倒要留心些。现今的世界，比不得三代时候了。我就不然，遇见好的人，我就真心待他；遇见坏的人，我就把些权术驾驭他。这才好办事

133

呢。这些人，吃了他们的亏，坏了我们的事，他们还笑我们是呆子呢！犯不着把他们当好人看。"

待萍生听了，觉得她的才具处处比自己高，却又处处回顾自己，又是感激，又是叹服，一时也说不出什么话。立起来，在桌子上拿一本书看，衣服在阿辛身畔一拂，阿辛低头一看，见他的衣裳绽裂了。一手撩起他皮袍子的一角，道："你的皮袍子都破了，我同你缝一针吧！"

萍生觉得对不住她，一时间答不出话。半晌道："什么道理要费你的手？"

阿辛道："那有什么要紧，你还同我客气吗？"便翻转身来，开了抽屉，穿好一支针，道，"来，我同你做一针。"

萍生觉得实在对她不起，却又无可推辞，只得勉强立起来，解了扣纽。

阿辛一手牵住他的皮袍子，道："来，不要脱，怕的冷，我就身上和你做一针吧！"

萍生不由自主，被她牵了去缝了几针，把袍子缝好了。

此时，萍生坐在椅子上，心如槁木死灰，想到自己平时的高自期许，又不甘一无作为，泯然没世。想到阿辛爱我的情致，处处回顾我。何苦把自己一个人的身子去冲锋冒阵，满天下睡着的人还没有知道呢！但阿辛也是个英雄豪杰，要望我在世界上做事的，倘若一无作为，不但对不住自己，对不住天下的人，并且连阿辛都对不住。想到此真如槁木死灰，坐在椅子上，一声儿也不言语。一会儿猛听见钟鸣七下了，想到娘在家里，要望我，便起身告辞阿辛而别。

正是：

青萍欲作男儿气，红粉能牵志士心。

未知后事如何，且听下回分解。

第三回　黄率夫聘辩寓良箴　范善迁授经穷教术

话说萍生回去，想到率夫的话，觉得人生在世，总须有一番作为，才不负此数十年的韶华。又想到阿辛的话，觉得凡人总不过求一个快乐，我如今牺牲一身，去利群救国，也无非行吾心之所安罢了，这也是个求快乐。同是一个求快乐，便专求一身的快乐，又何害于理呢？况且天下大矣，古今远矣，就使救好了今日的天下，也救不好来日的天下；就使救好了来日的天下，也追不转以往的天下。这样的人天界里，要想得完全圆满的日子，总是没有的了。就使热心任事，救国利群，确有效验，那世界进化原是没有止境的，进了一级，就见得再上一级的苦处。譬如上梯子一般，踏在第一级，只见得有第二级；踏在第二级，又见得有第三级。这还不是一样？就说踏到最高的一级，自然是以上再没有梯子的了，但进了一级，以下即多了一级，人穷则反本，在上观下与在下观上，又有何区别呢？所以，世界生来就是缺陷，再无圆满的法子。委心任运，与奋起图功，从至人的眼里看起来，正是一样。这真是古人说的，"人有悲欢离合，月有阴晴圆缺，此事古难全"。近人所说的"谁知羲仲寅宾日，已是共工缺陷天"了。春非我春，夏非我夏，秋非我秋，冬非我冬，又何如委心任运，到哪里是哪里，过一日算一日呢？这样子一想，又不知不觉流入于厌世主义了。一夜又是睡不着。

次日起来，依旧是两端委决不下，觉得心里好苦。学生来了，便回说病了，不能开学。这些学生，都不胜欢喜，一个个去了。

到了九点钟，率夫来了，萍生去陪他，依旧是无精打采的。率夫见了，不胜诧异，暗想道：我前天看见他，一席话说得他好不起劲。怎么如今又变这个样子了？况且如此式样，不但不是前天的周萍生，并且我从来也没有看见他这个样子，一定是着了什么魔道了。一想，猛然想起来，便忻然一笑问道："萍生，我听见有个人说你，今年在一个女人家里走动，有这话吗？"

萍生一听见，骇然道："哪里来这话？你听见哪一个

136

说的?"

率夫道:"你不要管,只问你有这事,没这事?"

萍生道:"哪里来这事?嫖呢,我是向来没有问过津的。况且别说我的人是不会嫖,就是我的经济,也不该会在外面走动。"

率夫道:"这样说你是一定没有这事的了,但对我说的人,却不是造你话的呢!"

萍生道:"是哪一个讲的,还说他不会造话?"

率夫道:"你且猜一猜着。"

萍生道:"这哪里猜得着?"

率夫道:"不问你有这事,没这事。说你这个话,总一定有个原因的。你且依此寻个线索,想一想,就有些着落了。"

萍生道:"这可真难了,我肚子里简直一点儿门路也没有。"

率夫道:"我还听说,这女人是个姓王的,她肚子里倒很通博,天文、地理,没一件不通贯呢!况且武艺也很好。所以你上她的彀了,一天到晚,一件事也不要做,得了空,就到她家里去谈天。却这女人也难得,不招待别人,专一爱你。我想你不是有钱交给人家的,这人却会专爱你,也就有些道理了。所以我倒想去运动了她,好办事呢!"

萍生哈哈大笑道:"这真笑话了,人家好好的一个女友,

137

如何把她当作个卖淫妇？我告诉你吧！"

便把阿辛的历史，从头背了一遍，并说："这人还是我疏房的表妹呢！你如何把她当作卖淫妇？"

率夫也笑道："得罪你了，却不干我事，我也是听见人家说的。"

萍生道："究竟是哪个说的？"

率夫道："是董亦明说的。"

萍生笑道："这人真是以耳为目的。"

率夫道："也别说他。他说你从结交了王女士之后，一事也不要做，这才确切不移呢！"

萍生骇然道："这话从哪里来的？"

率夫道："可不是？前儿听了我一席话，起劲到那样子。昨儿听了王女士的话，便这般懒散了。"

萍生愈骇道："你这话从何而来？"

率夫道："若要人不知，除非己莫为。你心上有这思想，我望你面孔就早知道了。"

萍生骇然，暗想：率夫的才具真比我高十倍，我心上才有这思想，他便知道了。可是我的才具有限，平时的思想，算不得真理，未可任意而行呢！

率夫道："这王女士，你可以同我去见见她吗？"

萍生道："有什么不可？你见了她，一定倾服她；她见了

138

你，也一定倾服你呢！"

率夫道："那自然，原是倾服她，所以要去见好。"

说着，两人便同走到阿辛家里。

阿辛正在读书，萍生先进去告诉了她。

阿辛听说率夫要见她，也甚惊异，便同萍生出来见了率夫。先说了一番通常的应酬话。

率夫道："现在的世界，最紧要的是教育。像女士的学问，若肯提倡女学，这就四万万国民，咸受其赐了。"

阿辛道："过奖有愧，我有什么学问呢！"

率夫道："我们知己人相见，别说客气话。女士的学问，我是知道的。真为二万万女同胞，望女士出来提倡呢！"

阿辛道："不敢，我真的没有学问。"

率夫道："别过谦了，我们知己人相见，难道还有什么俗套？女士倘果有心提倡，这出资一层，总有黄某在这里承当。"

阿辛道："既蒙不弃，我虽没学问，也不敢不竭尽所知了。依我看来，现在中国人所最缺乏的是道德。现在人人口头禅都说是新道德没有成立，怕的旧道德先要破坏。依我看来这是妄话。既然有道德，断不会破坏的，这旧道德断换到新道德不过是道德的变换，其实就是道德的进化。若说新道德未成立，旧道德先破坏，这不是无道德吗？黄先生你想，既然有道德，哪里会变到无道德，若说从有道德变到无道德，那本来的道德也就有限了。黄先生，我说这新道德未成立，旧道德先破坏，这句话，只好说学问，不能说人。若说学问，或者新道德学还没有出现完全，旧道德学倒已被人弃置了。这也或者有之。就使说人，也只好说他口头的学问，或者向来惯说的旧道德抛弃了，新道德还没有说得完全。若说躬行实践的学问，新道德成立一分，旧道德便破坏一分，此中还有一息之间吗？但这道德不是空言能够补救的。中国人道德腐败的原因，虽然很多，但以我看来，第一件最重要的便是生计的憔悴。如今的教育，要望它影响到国民的生计，是不能够的。无非与从前的读书，同一毫无实济。天下多了几千所学校，就多了几十万无业游民，这样子，我国民的生计要更憔悴了。生计更憔悴，那就道德更腐败。道德腐败了，就有了学问智识，还有用吗？何况现在学堂，还连智识都教育不出呢！黄先生，我看中国从通商以来到如今几十年的历史，第一件可痛可惨的，就在这道德的腐败。我又看遍中国各种社会，道德腐败的原因，第一件难逃难避的，就是这生计的憔悴。所以现在有人提倡实业，我是不辞劳瘁，不顾死活，总赞成他的。若说普通教育呢，不是我小孩子说一句胆大话，都是我所说的沽名教育、浮面教育，有了还同没有一般，或者还不如没有的。黄先生你以为何如？"

率夫听她辩若悬河，暗想真一个好女子、奇女子，无怪萍生倾倒她了。便说道："女士说的话，真是洞中症结，我也深为佩服。但说这实业不要从普通入手，这句话我就不敢赞成。试想天下的利源有多少，我们几个人哪里提倡得尽？全靠国民都有殖产的思想，才能够去开发它。请问这殖产的思想，不从教育中来，从哪里来呢？就说提倡，我们几个人，到处去同人家说实业，没有殖产。若是偏于殖产，其余立国的要素，一概没有，这就难免于劣败之数了。别的不说，就说犹太。犹太的殖产，又何尝不是世界上著名的呢？至于说多了几千所学堂，就多了几十万无业游民，这话也是沉着痛快。但依我看来，现在官办的学堂，虽然如此，民办的学堂，也未必一定如此。就说现在民办的学堂，都是如此，难道将来我们办的学堂都是如此吗？这就看各人的自为了。若说教育能妨害殖产，我想别的都没有，只有这教育的年限，不能兼务着营生，却是有的。但以一个人的浅近时间看起来，固然如此，若把一国的远大的统计合算，没有教育的人民，一定只能营低等的生活。天地自然之利，委弃的多了，不但委弃，而且还一定要到外国人手里。这正负的差数，还能够算吗？女士但见现在的教育，不脱科举的思想，就要把教育都丢掉不讲，这就是贤知之过。可知吃饭噎了，原是有的事，只能因此改良吃饭的方法，不能把饭丢了呢！"

阿辛默然了一会儿道："依黄先生的意思，却要怎样呢？"

率夫道："依我的愚见，现在救中国的方法，第一件便是教育。教育不兴盛，是万事不能办的，教育便是万事的根本。但教育不统一，也一定不能完美的，所以总得把中国的教育，联成一气才好。"

便把前天对萍生说的中国教育会，又演说了一遍。

话犹未毕，萍生道："你的事情，我想起来，还有许多不妥处。"

率夫道："怎么样呢?"

萍生道："这教育原是国家的事业，须得强迫才能够普及。如今我们变作民办，已输一着了。请问你款子能筹得到多少，权力能有多大，中国十八省，真能够联络一气吗？你的命令能叫人家遵依吗？若说政府全然不办，又好了，却他又要恋着一个教育的名头。这样说，我们办的事，他们能不掣肘吗？况且现在政府最忌的是学生，我们的事业办得扩充了，不是正中他的心病吗？有什么不好，不但教育不要想统一，反而把现在民间不统一的教育，都一网打尽了。"

率夫道："这话何尝不是，依我的意思，现在要办这教育会，最紧要的是三件事：第一件是联络政府。无论什么事，精神就同他两样，那形式是一定不和他违背的。初办的时候，尤其翼翼小心，件件依他的命令，根基牢固了，再和他有些出入，也没甚妨碍了。第二件是联络办事的人。不论他是官办党

142

里的，民办党里的，一定要拉他入会，叫他的名誉攸关，自然不敢和我们反对了。第三件是要运动资本家。这事最难，要把风气养成了，叫他们确信我们办的事是有用的，又要叫他们不赞成学务便为舆论所不容。这三件事的关键，全靠同志的人多；同志的人多，全靠我们创办的人，实心实力，能够去运动人家才好。兄弟啊！我们办事，全只靠一点儿热力能够吸人，像地心的摄力一般。热力愈大，自然吸人的力量也更大。至于你所虑的几件事，原何尝不是，但凡事是虑不尽的，也看我们办事的手段罢了。"

阿辛道："听先生的话，真是五体投地了，不但先生的知识，是我们万万及不上，就是先生的热力，我们也是万万不能及的。"

率夫道："这就过誉了。大凡在社会上办事，最紧要的是三件：第一是吃得苦，第二是耐得劳，第三是任得怨。有了第一件，才不为贫贱所困；有了第二件，才不容易灰心；有了第三件，才不至于轻易变动。若是差了一点儿，怕的境遇稍坏了一点儿，就要生出了一副悲时感遇的念头，相与的一班人，就要把些怀才不遇的话相标榜。这不是社会对不住我们，我们自己先对不住社会了。平心而论，一种浮嚣之气，能够理明无愧吗？天下事口里夸张自己、辩护自己是容易的，确要无愧寸心便难了。"

萍生、阿辛听了这话，倒像把他们的心肝五脏提出来一般，一身冷汗。

阿辛便说道："听了先生的话，句句正中我们的毛病。我们从前的行径，自想起来，都是一种客气，直见不得人。从今以后，先要投拜黄先生为师，受先生的教育了。"

萍生也觉得毛骨悚然，把从前一种牢骚抑郁的心，不知提在哪里去，从今以后，便永不是遇见了阿辛的萍生，是遇见了率夫的萍生了，便阿辛也不是从前的阿辛了。看官，大凡天下最容易迷人的是"财""色"二字，所以，古人说人生唯酒色关头，须百炼此身成铁汉。但是，上等思想人为财与酒所迷者少，为色所迷者多。何则？财与酒是无情之物，所以唯有下等的人爱它。至于色，则饮食男女，人之大欲存焉。阴阳两性，先天相爱，一点儿感情，原是有生以来便有的。这一点儿爱情，便是凡百爱情的根本，一切爱情，便是世界的根本。这一点儿便是以太①，这一点儿便是烟士披里纯②，原是最高尚最纯洁的。但是仁义两性，相辅而行，先天是仁，后天便是义。仁贵博爱，义贵断制。有仁而无义，便是有体而无用；有义而无仁，便是有用而无体；都是万不能行的。所以君子要自强不

---

① 编者按：ether，原意为上层的空气。此处受谭嗣同《仁学》的影响，视"以太"为宇宙物质的本源。

② 编者按：inspiration，现译为"灵感"。

息，又要厚德载物。上等人物，总是富于爱情的，富于爱情，便往往缺于断制，所以往往从轰轰烈烈的社会主义、国家主义，变作了极冷落的厌世主义、极狭小的个人主义。此中消息，所谓物极则反，道体循环了。即如萍生，论起来便是本书三大教育家之一，他的人格，难道还算得低微吗？却不逢着率夫指点以前，几乎走入了个人厌世的一路。可见这"色"字，不是指着肉欲说，正是说这爱情不可没有裁制，为上等人说法了。

闲话休提。如今要说到江宁府属的江浦县，虽然与南京只隔着一水，却是个僻陋的地方，从没有开化过的，所以人文物力，都是有限。不但真有学问的人，县志上寻不出，就是科甲，也是硕果晨星。适会朝廷变法，科举改章，废八股，试策论。县中有一个童生，姓范名善迁，从小以神童著名，不到十六岁，便把八股试帖，做得精通。这一年偏又改章，把他气得了不得，却喜他生性聪明，便去买了几部古文，又买了好些新科闱墨，近今考卷，揣摩了几年。到了壬寅①那一案，居然以第一名进学。小地方的人眼孔浅，虽在城镇里，就如苏常的乡下一般。见他皇皇然是秀才的领袖，便居然有人去请教他了。便是甲辰②那一年，地方上一个富户姓钱的，便请他去教儿

---

① 壬寅，即 1902 年。
② 甲辰，即 1904 年。

子。这姓钱的，原只有一个独子，是五十多岁才生的，钟爱得了不得。偏偏这小孩子又笨得了不得。这年范善迁去了，开了学，东家出来再四说学生笨，又只有这一个小孩子，先生教时，要宽严并施，不可时常打他的这些话。

到了次日，善迁一查，见他已念过两本书了，一本是《三字经》，一本是《千字文》。现在拿出来，打算念的，也是两本书，一本是《百家姓》，一本是《千家诗》。善迁说这两本书，是没有用的，要是念诗，只好空闲的时候，念《唐诗三百首》，便问东家要了钱去买书。买了一本《大学》，又买了一部《唐诗三百首》。回来了，查一查学生去年念的书。初时是念两句《三字经》，后来是念四句《千字文》，一想《大学》不能念十六个字，便点定了"子程子曰大学，孔氏之遗书，而初学入德之门也"十九个字，先把笔管指定了，叫学生一个个字认起来。却把"程"字、"学"字、"遗"字、"德"字都忘掉了，"書"字又认作了"畫"字，"入"字又认作了"人"字，十九个字倒忘了七个，除去重复，倒只认得了十个字。

范先生也只得叹一口气。

正是：

阳春一曲先生语，海上三山四子书。

未知后事如何，且待下回分解。

第四回　试夏楚跌破学生头　申禁令掷去易知录

且说善迁叫学生认字，十九个字，倒忘记了七个。善迁气极了，只得把笔一个个字指着他重认。谁知道认到这个，那个倒先忘掉；认到那个，这个又忘掉了。认了半天，七个字还是不认得。

善迁气极了，把戒尺在桌子上一拍道："还不用心认吗？"

谁知学生还没有懂用心是句什么话，一见他正颜厉色的面孔，又听见他声音高了，倒吓得早哭起来了。

善迁一想，这小孩子这种顽皮，不用些威严，是再不能教的了。便把戒尺在他头上去试一试。话还没有说出，其实也没有打到他。谁知他正哭之间，见先生的戒尺来了，把身子一侧，一个坐不住，跌下去了。这一跌非同小可，直跌得头破血流，在地下拼命大哭。善迁也吓极了，骂他的话，还在喉咙里没有说出来，也只得连忙收住了。从椅子上立起来扶他，祸事祸事，额角已撞破了，血流不止。范先生没法，只得一手扶住了他，一手扯起自己竹布袍子的衣襟，替他按住了，口里高喊值书房的家人。这家人原是个乡里人，就在城里，也见不到什

147

么场面，何况她活到四十多岁，还从没有在城里住过一天。只因是钱家的佃户，家里人都死掉了，不情愿住在家里，却到城里来。又没处栖身，所以钱家认着旧时的情面，出二百个大钱一个月，用她做个当杂差的。范先生开了学，就派她去值书房。她却哪里知道值书房的规矩？见没有事，已高飞远走。跑来，听得书房里少爷的哭声、师爷的喊声，不知是什么事了，连忙走进书房来。见先生一手扶着小孩子的头，一面狂叫，只道先生把学生的头打破了，吓得一句话也说不出。

善迁见有人来了，真是喜从天降，像获了至宝一般，才把一个心从九霄云外收在腔子里，却一时也说不出话，吱吱了半日，才说一句："不好了，头都撞破了，你快同他进去吧！"

此时，学生已哭得气竭声嘶了，只是在那里号。

这老妈妈连忙上来，抱了他，看伤处还是血流不止，忙一手替他掩住了。谁知小地方的人，总是粗鲁的，这也无可如何。当时她一手掩住了少爷的伤处，用力过猛了，把他掩得痛得了不得，又高着喉咙哭起来。一阵子在身上乱动，几乎抱不住，好容易抱到里面。

这天老爷不在家，太太听见小孩子哭，几乎把魂都飞掉了，一身大汗，连忙从房里飞走出来。只见老妈子抱了小孩子哭得天愁地惨，头上还血流不止，一阵心痛，几乎要哭出来。忙接过小孩子来道："怎的？怎的？"

此时学生还哭个不住。

太太忙问仆妇道："这到底为什么事?"

仆妇道："我也不知道，先生说是跌破的。"

太太把小孩子抱住了，骗来骗去，好容易才住了，便去盘问他道："到底为什么事，头上弄破的?"

学生道："先生打我。"

太太一听见这话，几乎气得发昏，一迭连声喊"人来，人来!"丫鬟、仆妇都到了。

太太便指定一个少爷的乳母何妈道："你去同先生说，昨儿是如何交代他的，我的小孩子不能打他。今儿原把他打到这个样子，还说是学生自己跌的。同他讲，要在我这里教书，可不能这个样子。要是这样子，请他别要来。"

何妈要奉承太太，听了吩咐，诺诺连声，就要到书房里去。

幸喜一个小姐，是有见识的，忙拉住她，暗地里吩咐道："先生面前，是不能去瞎说的。有话等老爷回来了，自己去讲。你现在去瞎说，老爷回来了，只问你。"

何妈这才不敢去了。少爷也住了哭，太太给些糖他吃着，玩去了。

恰好钱老爷回来，遇见一个丫鬟，同着小孩子在厅上玩，便骂道："为什么不送他书房里去，又同他到这儿来玩?"

丫鬟道:"跌破头了,太太叫我同他到这里来玩的。"

老爷一听见跌破了头,吓得慌,忙问道:"破在哪里?破在哪里?"

丫鬟远远地指着道:"这个不是!"

老爷一看,知不要紧,才放了心。一步步走进来,把门帘揭开。

太太见老爷回来了,正要开言,老爷便问道:"怎么小孩子的头又打破了?"

太太道:"原是我正要同你讲。我原说是孩子还小,读书可以缓几年。你一定不听,要把他送在书房里。又不肯好好地去交代先生,今天才开一天学,就把头都打破了。还说是我们小孩子自己打破的呢!这不是我出了钱买人家来打我的小孩子吗?照这样子,我的小孩子不给他打死,也要成残疾了。你今儿怎么讲?"

钱老爷原是个一无主张的人,听了这话,也觉得有些不放心,便道:"再去同先生讲一声,请他以后,别打学生就是了。"

太太道:"罢了,罢了,我昨儿三番五次怎么交代你的,你不知同先生说些什么话,今儿就弄到这样子,我看没有同先生说别打他,还同先生讲多打他几下呢!罢了,与我什么相干?横竖是你钱家门里的血肉,打死了,我自到庵里去做尼

150

姑，随你们去娶妾生子，也未必想到我了。"

说到此，不觉掉下泪来。

老爷听着这话，也觉得又是心灰，又是心酸，便道："罢了，我也不要这小孩子读书了，横竖前生注定了，我钱家门里是没有书香的，这是祖宗手里没有栽培下来，我又有什么法子想？"

太太道："你别说这话怄我，将来小孩子长大了没成用，还说是我耽误了他呢！随你们去交代先生打死了他，也不干我事。我自出家修行去了，倒别误了你钱家里门的富贵荣华。依我说要什么，有了这孩子没有用，随他安分守己些，横竖总有一碗苦饭吃就是了。"

老爷道："我怄你做什么？小孩子总是两个人的，命好命苦，总我们两个人去承当就是了。"

正说间，劳寡妇来了。

看官，你道这劳寡妇是什么人？原来江浦县里有一个劳秀才，是十五岁便进学的，十六岁便娶亲。此时他的老婆，还只有十五岁。谁知娶了亲一个月，劳秀才便死了。他的老婆，生了一个遗腹子，千辛万苦，才领到他上学读书。十年来自己常吃的糟糠，衣的败絮，因此合县的人，没一个不钦敬她，便都叫她做劳寡妇。这年他儿子十岁了，已念了四年书，因为本年的束脩，实在地凑不出了。此时正月中旬，还闲在家里头。劳寡妇没奈何，到钱家来求他想个法子。论起劳家和钱家来，还关一点子亲戚呢，不过不大亲。钱老爷和钱太太见她来了，忙站起来招呼，坐定了。

钱太太道："你们小少爷，这几天，总又在学堂里读书了。可羡你家这小少爷，一天到晚只是想读书，一点儿亦不爱玩。像我们这小孩子，八岁了，还一句书也不肯读呢！你老人家真是好福气。"

劳寡妇道："哪里及你太太的福气！像你太太家里的积德，将来少爷大了，还怕不做官做府中举入学？太太的福，还有的享呢！像我们苦人，只想把这小孩子领大就是了，哪里还望什么好处？"

太太叹道："你老人家别说客气话，我去年看见你们少爷字写得很好，什么《三国志》都会看了，再过几年，怕的连文章都要做上了。你老人家还怕没有福享吗？像我们这小孩子一天到晚，一句书亦不肯读。又只有他一个，不好十分去管他。真正枉生在诗礼之家，将来我还不知要怎么样呢！你们现在说我好，我将来的境遇一定不如你们。到那时候，还要你高抬贵手，照应我些子。"

劳寡妇道："什么话？太太折死人，我们都靠太太的福气，有口子苦饭吃，不至于饿死，就是一辈子天大的福气了。"

太太道："什么话！真是我看你们少爷好，羡慕得很呢！"

劳寡妇道："有什么好处？便我也为这事来求太太的情。"说着，倒含了一眼眶子的泪道，"想起这小孩子的老子，他当初原是个读书人，合江浦县城里，谁不知道他的名字？倘使他活到如今，我们娘儿两个人，也不至于这般无依无靠了。"说到此，不觉掉下泪来，忙掩住道，"谁料他早就去了，到如今剩着我们两个人，倒不如死了也罢。说不给他读书呢，可怜他老子一世的苦心，想挣扎功名的，连大场的屋子都没有看见；说给他读书呢，我这几年来，也算筋疲力尽了，到这时候，实在的没有法子想了。"

　　说着，那泪珠儿又不知不觉地直滚出眼眶子来。

　　钱太太听她的话，知道她是来告帮的。一想，自己的小孩子，这种没用，倘若帮助人家，或者天保佑自己的孩子，长大了，会好些。便说道："这件事，你老人家别担心，要是早同我商量，现在先生都有了。我别的虽没有，这几个钱是出得起的。要你们少爷到我家里的书房来读书呢，我的小孩子顽皮，怕的一个先生费不来心；若说在别处找个先生呢，这束脩不说一年，就是两年三年我也有，只要你们少爷到好时候，别忘记我就是了。"

　　劳寡妇本不想儿子到她家里去读书，一听，不但帮助她束脩，而且还三年两年都肯，喜得出于所望了，从凳子上跳将下来，望钱太太便拜道："太太的恩典，我娘儿两个，来世做牛

　　　　　　　　　　153

做马报答太太吧！"

钱太太还礼不迭道："你这要折死我了！"

劳寡妇磕了头起来，又要寻老爷拜谢，丫鬟回说已出去了。劳寡妇千恩万谢而去，就替她儿子觅师，却觅到了城里一个廪生，姓胡名砭甫的，因他也曾熟读了墨卷，又买了一部《万国政治艺学全书》，看了一分《政艺通报》，所以八股时代、策论时代，书院都考得很高标，不但负笈如云，而且从他批改的人，也日多一日了。劳寡妇因为慕他的名，一年出二十块钱的束脩，开学的日子，还是钱老爷亲自去送。砭甫见县里的财主都来，也把这学生当作好主顾了，便也来的。

这劳寡妇的儿子，小名明保，原是个神经质的小孩子，从小读书，总是过目不忘的。此时已会看书了，而且性质纯良，最听先生的话。这天听见砭甫交代他，明儿果然六点钟就起来，赶早吃了些饭，七点钟已到书房了。

砭甫见他果然来了，欢喜道："真个听说话的小孩子，明儿还可以晚一点来。今儿你第一天读书，所以我叫你早些来的。"

说完了，便叫明保在书房里坐一坐，自己洗过了脸，先来查一查明保的书，定了一张课程单子，吩咐他道："这功课，人家是读不了的，因为你聪明，我才定给你，你须要用心些。"

说完，便去了。

明保果然用心读起来，不到一早上，书房里的学生功课，都还没有完，他的理书这些，都早已完了。砭甫大为欢喜，便着实奖励他一番，替他上了生书。才吃过饭，一会子，已读完了。

砭甫便放他回去，说："今儿早些放你，明儿再认真读书，以后还要奖励你呢！"

这明保得了先生的奖励，不胜欢喜，回去告诉他母亲，劳寡妇也着实奖励他一番。

次日，明保便带了一本《易知录》、一本《古诗源》，到书房里去，趁空阅看。

原来明保是最喜欢看书的，他觉得一天到晚，把书苦口呆读，很是没意味。因此放学回家，总到旧书箱里寻些书看，倒也寻到许多。略翻一翻，是只有一部《易知录》，是从世界开辟起，直到本朝以前的，把他喜得了不得，有空便看。此时已看到唐朝了。又欢喜看《古诗源》，看看正文，又看看批语，倒也很有心领神会之处。此时见书房里功课，还有余闲，便把二书各带了一本去趁闲阅看。

原来砭甫的学生又多了，一间屋子里坐不下，所以他把些年纪大的、性质纯良的，坐在他对面一间，自己时常来察看察看，然而总有监督不到的地方。所以明保带了书去，倒也很有工夫阅看。初时砭甫见他功课完得早，原想再加上些。后来见他也没有空闲了，只道他以下的理书不熟，也不去再管他了。明保也觉得看书有趣，怕的先生加他读书的课程，所以总趁读理书的时候，把书来偷看。

相安无事，已一个多月了。有天，明保看了《易知录》，有两句不懂的。初时他原不敢问先生。这时候见先生十分喜欢，他以为先生不至于把他责备，便大着胆拿了书去问先生。

砭甫正在替学生点书，见他拿了书来问，忙取了过来一看，不对，为什么不是我时常教他的书，便问道："这书是谁教你看的啊？"

这句话在于寻常的学生，是极容易对答的，却这明保异常纯良，恪守先生的规矩，被砭甫问了这一句，一时答不出话来。砭甫又再四盘诘，他才答道："是我自己带来看看的。"

砭甫道："看它做什么？"

明保又答不出了，立在书案旁边，低着头。

砭甫道："你到底看它什么事？这书是哪里来的？"

明保道："是家里的。我喜欢看它，所以带来看看。"

砭甫听了，冷笑道："这倒好了，书房里的功课，不要我定，要你定了！亏你还胆大来问我，我倒要先问你……"说到此，把明保一手拉过来，道，"还是我定的功课不好，还是怎么样啊？"

明保被他牵住了，一时说不出话，两眼里的泪直掉下来，倚在硁甫的身畔。

硁甫见他不回话，举起戒尺在桌上一拍，道："说不说？不说，我打了！"

明保虽然也读过好几年书，却他生性明敏，历年的先生，都喜欢他的，只见先生打世兄、骂世兄是有的，从没见先生对他这个样子。一吓，几乎哭出来。

硁甫拿戒尺指定他道："是不是？到底是我的功课定的不好吗？"

明保低着头，垂着泪道："不是。"

硁甫道："不是，为什么看这个书？"

明保道："我一时无心之过，下次不敢了。"

硁甫把他一推，一手把一本《易知录》掷在天井里，道："哼！好了，总是一时无心之过，连我的命令都不要遵了，去看吧！天下的书很多，还有看不得的呢，你也去看吧！"

这一推，把明保推得直跌出门外。

这本《易知录》原是劳秀才手点过的。明保为人最孝，因为是父亲的手泽，所以看的时候异常珍爱，从没有弄坏过一页，如今见先生把它掷到天井里。此时正是雨后，天井里全是烂泥，知道一本书，是没有用的了。又是惜，又是恨，又是痛，不觉在地下大哭起来。

砭甫见他哭，举起一块戒尺赶来道："这还了得！这种顺手一推，就要诈跌在地下哭，我以后还能管你吗？"

便把他按在地下打了一顿，把他提起来。明保哭着回房去了。

砭甫把学生的功课整顿了一番，都上生书。听见他还是哽咽着，知道他是吃软不吃硬的，便叫个小学生去唤了他来，把他拉在身畔道："你到底怎么样？我倒管坏你了，我同你讲，你不能同别人比，你看这一书房的人，哪一个不是有爹娘的……"

才说到此句，明保倒又哭起来了。

砭甫把他的手一拉道："不要哭啊！听我说，只你是出了娘肚皮就没有见过你老子的面，这一县城里的人谁不知道你娘的苦节？眼睁睁地从小把你带到大，只指望你成一个人。你如今倒使着性气来拗我，管好了你亦不是我的好处，你娘这些年苦节，该有个好儿子的，我不过替你娘管你，你拗我，与我有什么相干？我坏点子心，吃了饭，不管你的事，还不快活些？"

明保听到此处，觉得全是自己的不是，又悔又恨，直觉无地自容，伏在砭甫的身上哭道："先生，这一次总是我的不是，我以后再不敢了。"

砭甫道："你这话可真不真？"

明保道："不真，我便不是个人。先生以后再别同我讲这些好话。"

砭甫道："这样说，你以后原是个好孩子，我也不打你，你可以后再不许这样子。"

明保哭着答应了，回房坐了一会儿，便把书赶快念完了。砭甫便放他回去，又托一个人去对劳寡妇说："这小孩子在书房里，有时要看课外的书，不听先生的话，我已同他说过了，以后家中要少给些书他看，怕的有什么看不得的书，坏了小孩子的心术。"劳寡妇也着实感激先生，又把明保责罚了一顿。

正是：

学舍如图圄之苦，师长若狱吏之尊。

未知后事如何，且待下回分解。

（原署名：悔学子，刊于1905年《绣像小说》第四十三、四十四、四十五、四十六期）

159

女 侠 客

第一回　虔婆设谋弃孤儿　娇娃卖艺养假父

话说江苏扬州府高邮县，有一小村落，名为八十村。因为这村中，只有八十户人家，所以起了这个村名。村中有一人，名叫黄大，世以务农为业。娶妻朱氏，生一子，唤作明儿。过了两年，又生一女，唤作芳儿。黄大夫妇二人，左抱男，右抱女，秋种麦，夏栽秧，颇得天伦之乐。

光阴迅速，日月难留，转瞬明儿已十一岁，芳儿已八岁了。那年夏天，疫疠流行，死人无数。黄大夫妇二人，素来不晓得什么叫卫生，什么叫体育，因此沾了疫气，双赴黄泉。可怜明儿兄妹二人，孤苦伶仃，无依无靠。幸亏村中有一张老儿，将他兄妹二人收留在家。明儿年岁略大，稍知人事，种田放牛等事都还在行，张老儿十分宠爱。芳儿却与乃兄不同，终日好打架，许多十二岁的男孩子，没有一个是她对手。每天总有五六起孩子吵到张老儿跟前，说芳儿打破了他的头，或是扯破了他的衣服。张老儿无可如何，只得一面敷衍这些孩子，一面管束芳儿。哪知芳儿天性生成，非人力所能改变，依旧在外撞祸招灾，使张老儿怄气。

一日，张老儿正坐在门口晒太阳，村中有一个持斋诵佛的王婆，适从他门口经过，见了张老儿，便道："张老爹，今天好天气呀！"

张老儿道："是的。王老太，你到哪里去呀？"

王婆道："九月十九，是扬州观音山的香市，我明天要去进香。现在想到村中各家问问，有什么人同去。"

张老儿道："天气还早，何不在我家吃杯茶再去呢？"

王婆道："也好，但是打扰你了。"

张老儿道："我们多年的老邻居，还讲什么客气话？"

于是二人到了堂屋内坐下，张老儿就喊芳儿来倒茶。芳儿却已出去了，张老儿只得自己倒了一杯茶，送给王婆。

王婆道："听说芳儿这孩子，甚为顽皮，常使你受气，你要想个法子摆布她才好，不然将来她打死了人，还得连累你，打人命官司。"

张老儿叹了一口气道："有什么法子摆布她呢？"

王婆道："我却有一个好法子，恐怕你不肯做。"

161

张老儿道："你有什么法子，不妨说出来听听。"

王婆道："扬州乃是人烟繁盛的地方，我想带她到那里，弃了去，岂不干净？"

张老儿道："这小小的孩子，把她弃了，岂不会饿死吗？"

王婆道："有弃的人，就有拾的人，若是被一个好人家拾了去，她还可以得好处呢！"

张老儿本是一个心无定见的人，听得王婆一派话，信以为真，便道："也好，这桩事就拜托你了。"

正说时，芳儿忽从外面跳跳舞舞地跑进来。

王婆便叫道："芳姑娘，到此地来。"

芳儿走近王婆身边道："王老太，你叫我做什么？"

王婆道："我明天到最有趣、最热闹的扬州去，你愿意同去吗？"

芳儿究竟是小孩子，只知爱热闹，哪知他们别有阴谋，因道："王老太，你能带我同去，是最好的了。"

张老儿心中不觉惨然，然他畏祸心切，也不管别的事了。

王婆见日已偏西，便起身走出，嘱咐芳儿明早在家里等她。

到了次日大早，王婆背了一个包袱，来到张老儿家，令张老儿雇了一辆小车，带着芳儿，出了八十村，来到东门船码头，开发了车钱。却好有一个到扬州去的邵伯划了船，二人便上了船，在舱后坐下。

逾时，锣声响动，船已开行。芳儿从窗间向外看时，只见湖水苍茫，波涛乱涌，不觉有些害怕，因问王婆道："王老太，这船上好怕人呀！"

王婆道："不要害怕，明天就可以到扬州了。"

那时水流风顺。

次日清早，船已靠了码头，王婆付了船钱，领着芳儿上岸。进了东关，特意走到最热闹的一条大街，向芳儿道："我肚里很饿了，你站在此地，不要走动，让我去买饼来与你同吃。"

芳儿道："你快去快来，我在此地等你。"

王婆道："我立刻就来！"

说罢，去如黄鹤。

可怜芳儿站在一家店门口，专盼王婆转来，哪知左等不来，右等不来，直到天黑，还不见王婆踪迹。芳儿此时大恐，不由得哭道："王老太到哪里去了？我今晚没有睡觉的地方，怎么好呢？"

其时，有一个开妓院的老板名叫蔡善藏路过，见芳儿啼哭，因问她道："你这孩子，为什么在这里啼哭呢？"

芳儿道："我乃高邮县八十村的人，同一个老婆子来到此地，老婆子去买饼去了，叫我在此地等她，哪晓得她到这时候还不来，我今晚在什么地方睡呢？"

说罢，又呜呜地哭起来。

善藏道："可怜！可怜！你的父母现在何处呢？"

芳儿道："俱已死了。"

善藏已知是无父母的孩儿，为人所弃，因更动恻隐，乃道："我名蔡善藏，住在仓巷，你今可同到我家，当有地方给你睡，有饭给你吃。"

原来善藏无儿无女，今见芳儿容貌姣好，口齿伶俐，便想作为养女。

芳儿一闻此言，已如辙鲋得水，久旱逢雨，大乐道："能够如此，我实在是感激你了！"

善藏道："好孩子，你跟我来吧！"

善藏便领着芳儿来到仓巷自己屋里。

其妻詹氏，一见芳儿，便问道："这孩子从哪里来的？"

善藏述了情由，且道："我们膝下没有一个孩子，我想将她收为养女，你道好不好呢？"

詹氏细看了芳儿一遍道："好一个可爱的孩子，你问她肯做我们的女儿吗？"

善藏乃问芳儿道："你名叫什么？"

芳儿答道："我名叫芳儿。"

善藏道："好名字。"

又问道："你几岁了？"

芳儿答道："八岁。"

善藏道："我想认你为养女，你愿意吗？"

芳儿年虽只有八岁，但是后来成侠客的人物，聪明究高人一等。听了善藏所说，即立刻跪下道："父亲、母亲肯收留我，以后我定不敢违拗。"

善藏夫妇二人大喜。詹氏忙将她扶起，搂在怀里，温存不休。善藏忙叫裁缝做衣裳，到银匠店里买首饰，把芳儿装扮得如花似玉。又请了一个曲师，教芳儿唱曲，以及丝竹管弦。芳儿天分过人，一教便会。到了十六岁时，已学会了许多西皮、二黄、昆腔、小曲、笙箫、管笛、琵琶、月琴，且学得一手好针线。她曾绣了一轴《八仙上寿图》，若拿到博览会里去，定可以得优等褒赏。所以扬州城里的豪商大贾、公子王孙，都不惜重价，想娶芳儿做妾，善藏却概不应承。但是善藏本是作门户生涯的人，岂有不想靠芳儿发财的道理？不过给人做妾，一入侯门，难得会面，心中有所不忍。

一日，善藏向芳儿道："芳儿，我待你何如？"

芳儿道："父母的深恩，女儿一刻不敢忘却。"

善藏道："自古道，养儿防老，积谷防饥。我年纪已老，时有病痛，你应该替我打打主意才好。"

芳儿已知其意，自思：受义父母的深恩，虽杀身相报，亦不为过。到此时，不得不牺牲名节了。况且名节不过是俗人之谈，其实游戏三昧，何尝损失本真呢？因道："女儿承父母的教导，学会了各般技艺，现在唯有暂入青楼卖技，积蓄些金钱，以供父母的晚年。"

善藏道："能如此亦好，不过是委屈你了。"

于是芳儿遂堕入青楼马樱花下。车马无空，无阵歌场，推称巨擘，从此芳儿想为女侠客之心，也就渐渐发生了。

正是：

未施助弱锄强手，先作迎欢卖笑人。

欲知后事，请看下文。

侠民曰：侠之狭意，即报复是也。恩怨分明，推己及人，是所报复者，不时之恩怨，充类包义，又常本其不平之心，为他人报复恩怨焉。不忍负人养育之恩，宁牺牲名节以报之，正是异日成侠客之原。世之忘恩负义而侈口说英雄者，是侠之贼也，夫岂知侠之真意？

第二回　舌可生花幕宾作合　情能致祸弱女投江

前回所说芳儿已堕青楼，名艳大噪，远近争传。那时惊动了一个纨绔子弟，其人姓权名远大，排行第十，人都呼他为权十郎。他的父亲是现任扬州府知府，他的妻子同他不合，长住在娘家。

这权十郎生在富贵丛中，不曾受过丝毫教育，加之父母放纵，戚友恭维，岂有不胡行乱为的道理？他听得芳儿的艳名，便同了几个幕友去访艳，一见之下，正是眼含秋水，眉耸春山，不脂而红，不粉而白，起居动作，无不宜人。权十郎不由自主，陷入迷魂阵中，一心一意，只想娶芳儿做妾。但是善藏视芳儿同拱璧一般，不肯轻易应允。权十郎大为失望，终日茶饭不思，四肢无力，竟害起相思病来了。

幕友中有一人，名为叶松，已揣知权十郎之意，便走到权十郎房中道："十兄，贵恙现在好些吗？"

权十郎望了他一眼，也不言语。

叶松又道："十兄，莫非为了蔡家的事吗？"

权十郎叹了一口气道："你虽知道，不能为我设法，也是枉然。"

叶松道："我虽比不得苏秦、张仪，谅一个蔡善藏，也不难说动。"

权十郎便站起来，向叶松作了一个揖道："你能将此事做到，真同我再生父母一般。"

叶松忙还礼道："言重！言重！我即刻去，你且宽心等候喜信吧！"

说罢，便笑嘻嘻地走出去了。

且讲蔡善藏自从芳儿堕入青楼之后，大发财源，身体也胖了，病也好了。一天，正同他的妻子詹氏躺在床上，对灯吃鸦片烟。忽有一个小丫鬟进来道："府衙门里的叶师爷来了。"

善藏急忙丢下烟枪，跑出堂屋。

那叶松正背着手，看壁上字画，见善藏出来，忙道："恭喜！恭喜！"

善藏道："叶师爷不必拿我开心，我们这种人还有什么喜呢？"

叶松道："并非说玩话，我们坐下再讲吧！"

于是善藏叫人泡了茶来，让叶松在祖宗面前的上首椅子上坐下，自己却垂手站着。叶松再三叫他坐，善藏推让不过，只得斜着半边身子，坐在橱子口的凳上。

叶松道："府里的大少爷，那天到了你家之后，一心慕令爱的才能，曾托人来说过媒，你怎么拒绝呢？"

善藏道："芳儿这孩子，并不是我亲生的女儿，我虽抚养了她几年，但是她现在也赚了不少的钱，足够我夫妇半生的使用，我欲择一个好好的生意人家，将她嫁去，实在不忍心再将她卖给人家做妾。"

叶松冷笑道："你的心却好。"

善藏道："难道我们人都不应该有好心吗？"

叶松道："我不是说人不该有好心，只是说只有好心是行不去的。"

善藏道："为什么呢？"

叶松道："比方像你待令爱的这种好心，凡是有心肝的人，

168

总当以你为忠厚了，但是能有几个有心肝的呢？我所说的权十少爷，就是一个没有心肝的人。他平日仗着老子的威势，在外欺压良善，无恶不作。他的老子更为混账，眼睛里，只有黄的、白的，哪里晓得什么叫作道理？你此次若一定拒绝他，他必定老羞成怒，在他老子面前搬弄是非，加你一个罪名。到那时候，恐怕不但令爱不能保全你的性命，财产也有些靠不住呢！"

善藏听罢，半晌不语。

叶松知他心里有些活动了，便趁势道："你若应允了他，三千五千，不怕弄不到手。而且权十少爷的少奶奶，一天到晚住在娘家，令爱过门之后，岂不同少奶奶一样吗？"

善藏道："叫我应允却也不难，不过要权十少爷许我三件事情。若是能够依我，我就将芳儿给他；若是不能，我就拿这老命同他拼一拼。"

叶松带笑道："只要你肯应允，莫说三件事情，就是三十件、三百件，权十少爷也可以答应。"

善藏道："我要求的三件事情，也不是容易做得到的呢！"

叶松道："到底是几桩什么事？你且说给我听听。"

善藏道："第一要他出五千银子身价；第二要他在外另租房子给芳儿居住，我夫妇二人方可以常去看望；第三要他用花轿迎娶。"

叶松心中暗想，这几件事还不难办，便道："你的要求也不算奢，权十少爷定可以照办，我就替他答应了。你且代令爱预备嫁事吧！我也回衙门去了。"

说罢，得意扬扬地回去。

那权十郎听了叶松所说，满口应承，便托叶松在南河下租了一所两进的房子，又向他老子要了五千银子，交叶松过付。叶松打了一个九扣，付给善藏。善藏又谢了他二百银子，他做了这媒，倒一共得了七百银子，他心满意足了。

且讲权十郎择了吉日，娶了芳儿进门，十分得意，自以为汉成帝的温柔乡亦不过如此。但是芳儿终日少言寡笑，任权十郎如何温存，总不轻易启齿。权十郎也无可如何。

过了一个多月，权十郎的老子忽然得了重病，扬州城里的医生请遍了，没有一个能医得好。后来有一个医生保荐孟河汪仲谦，可以医治。但是这位汪太医，架子极大，不肯出孟河一步。若要他到扬州来，非权十郎亲身到孟河去恳求不可。权十郎虽是天性凉薄，然恐怕他老子死了，无人赚钱给他挥霍，因此也不得已，带了一个仆人，径往孟河。哪知这位汪太医已经得急病死了，权十郎空走一趟，怏怏而归。幸他老子病势已有转机，心里略为宽畅，便赶紧跑到南河下小公馆去看芳儿。到了门首时，见大门未关，便直走进楼下，却没有一人。权十郎也不为异，急走上楼。哈哈！权十郎上得楼来，只见芳儿同一个年约二十多岁身材俊俏的人对面饮酒。权十郎不由心中大怒，上前抓住那人的辫子，举拳便打。那人急忙招架，芳儿趁势逃出。权十郎见芳儿已逃，便舍了那人，跃出追赶。那人也就溜之乎哉。

且讲芳儿逃出之后，急奔出钞关门，跑到宝塔湾，听得后面似有人追赶，回头看时，只见权十郎已渐渐追及。芳儿心中大慌，一时手足无措，便拼着性命，向河一跳。

正是：

婚姻不自由，虽生不如死。

欲知芳儿性命如何，请看下回。

侠民曰：权十郎倚财仗势，芳儿明知非偶，其忍辱含垢以就之者，虽恐贻祸蔡氏，借此报其晚年，亦欲捉弄十郎，仍不出游戏三昧政策也。彼硁硁者徒以节义责芳儿过矣，况不自由之婚姻，原非芳儿所承认乎？虽然，吾知淫妇荡子，又将群起借芳儿以自解嘲。芳儿有知，当以利剑截其头。

第三回　遇救星重出深潭　试胑篋别寻佳境

话说芳儿落水之后，随着流水，送到三叉河。也是她命不该绝，适逢着一条大红船泊在那里。这只船本是扬州富商尹氏

171

的家船，装了些货物，欲赴南京贩卖。因三叉河尚有货装，所以暂泊。其时船长正立在船头，指挥水手运货，忽见水中一物，约略像人，载沉载浮，从上流漂来。船长连忙叫水手放小划子去打捞，不一刻，捞了上来。船长仔细一看，原来是一个如花似玉的佳人，已经半死。

船长急令水手取了姜汤开水灌她，半晌方微微呼吸了几口气。船长才放了心，当时便问道："你这位姑娘，年纪轻轻，为什么要跳河呢？"

芳儿细声答道："我乃扬州仓巷蔡善藏的养女，因家计艰难，不得已做卖笑生涯。此次我的义父，见扬州生意萧条，乃命我到南京钓鱼巷去做生意，不幸在宝塔湾遇着恶棍，将我路费簪环一齐抢去，还将我抛入水中。幸亏遇着恩人，救了性命，真不啻我的重生父母了。"

船长道："言重！言重！但是你现在想到哪里去呢？"

芳儿道："我仍想到南京，还求恩人始终救我，以后定朝夕不忘大恩。"

船长道："这船是尹家的，我不过在这船上当一名船长，一切事情，须同我们小东家商量。"

芳儿道："你们小东家，现在什么地方？"

船长道："他到岸上栈房去了，大约不久就回，你且拧干衣服，在艄后歇息，等他回来再商量。"

于是芳儿走到艄后灶旁坐下，一面拧衣，一面从窗间望岸

172

上的景致。停了一刻，只见一个满身华丽的少年，押着两担货，向船上来。上船之后，径至中舱坐下。

那船长安置货物已毕，来到中舱向那少年道："有一名妓女，名叫芳儿，因遇着棍徒，抢去了川资簪环，还将她抛入水中，浮到船边，是我救起。但是她欲到南京，我们可否顺便将她带去？要求主人发付。"

那少年略沉吟道："那女子的相貌何如？"

船长道："她的标致，我真形容不出。古时的西施、太真，我没有见过，不敢妄比。至于现在通扬州城，大约找不出第二个来。"

那少年道："既然如此，你且叫她来给我看看。"

船长答应着，便到后舱，叫芳儿到中舱来。芳儿见了那少年，便福了一福。

那船长道："这位是我们小东家尹子芸尹少爷，你求求他老人家，带你到南京去吧！"

芳儿偷看那尹子芸，眉眼不正，举动轻佻，一双鹰眼，只在她身上打旋，心中早已明白。但是日暮途穷，无可如何之际，只有将计就计。那时，便巧转秋波，微含笑态，向尹子芸道："尹少爷，务必施恩，带我到南京，将来定竭力报效你老人家的大恩。"

尹子芸本是登徒子一流人物，哪有不动心之理？不禁笑道："很好，很好！到了南京之后，你若是没有住处，我们店里也不妨暂住。"

芳儿道："那更好了。"

船长向尹子芸道："这位姑娘，衣裳潮湿，未免有害身体。待我去到艄上，向我妻子要几件衣服，给她换了。"

子芸忙道："好极，好极，你快去拿吧！"

芳儿道："此地不便换衣，不如到艄后换了衣服，再进舱来吧！"

于是芳儿同船长到艄后，在船长妻子的房里，换了一套干净衣服，重进中舱。尹子芸正捧着一根白铜水烟袋，在那里吸烟，见芳儿进来，连忙放了烟袋，笑脸相迎。那时，芳儿虽是布裙布袄，倒别有一种丰韵，弄得尹子芸同热锅上蚂蚁一般。芳儿却是似即似离，若真若假。不多时，货物已经上完，起锚开船。水流风利，转瞬已到瓜洲。

其时，天已黄昏，尹子芸便命在江边停泊。芳儿立在船头，眺望江景，只见金山宝塔上的玻璃反射日光，同一盏大红灯一般。又有许多外国船来往上下游，气筒呜呜，车轮轧轧，倒也心头爽快。只可惜轮船上的旗子，有红、有白、有花、有点，不仅是黄龙一种。芳儿虽是烟花贱质，但是阅人既多，见识自广。什么学生、新党、志士、英雄，倒也常见，所以还略知大势。今见滚滚长江，一任他人游行，不知不觉，也有些慨叹之意。

正出神时，忽有一人在她肩上拍了一下道："姑娘请进舱吃酒吧！"

芳儿回头一看，原来是尹子芸，不得已随他进舱。见桌上摆着四只大碗、四只大盘、两只杯箸：一碗盛的是火腿炖黄芽菜，一碗盛的是清炖羊羔，一碗盛的是五香白鸽，一碗盛的是红烧鲫鱼，一盘盛的是福橘，一盘盛的是鸡肝，一盘盛的是牛脯，一盘盛的是梨子。杯中满贮着竹叶青。

尹子芸在上首椅子上坐下，让芳儿坐在下首。芳儿佯作笑容，不住地把尹子芸灌酒。尹子芸酒量素狭，加以芳儿甜言蜜语，饮未数杯，早已酩酊大醉，不觉强着舌头说道："芳姑娘，我劝你不必到别处去了，我家中金银满库，奴仆成群。你若肯同我回到家中，包你受用不尽。"

说罢，从怀里取出一个小皮夹，从中取出一把小钥匙，将炕边的一只大皮箱开了，随手拿出一只黄澄澄的金镯，递给芳儿道："这点儿东西，我送给你吧！以后你跟了我，这种东西，要一千也不难。"

芳儿接过金镯，暗思：尹子芸俗气熏人，决不能与之常处。不如将他灌得大醉，趁势取他些不义之财，另寻生路，谅不能算是违背公理。主意既定，便取一只大杯，满满地斟上酒，送到尹子芸面前，笑道："尹少爷，你老人家若是真心同我要好，请饮这杯酒。"

尹子芸已是昏昏沉沉，便不推辞，一口饮尽。

芳儿又斟了一杯道："你老人家如真能容我在府上吃一碗饭，请再饮这一杯。"

尹子芸接过来方欲饮时，忽觉得酒气上冲，栽倒在地，一杯酒泼在满身，杯子也打碎了。

芳儿便叫那船长进来，扶子芸上床睡下，又道："你们东家吃醉了酒，恐他夜里要茶要水，无人照应，我就坐在此地，守他一夜吧！"

船长以为芳儿是真心殷勤，所以不疑，他自去后舱安歇。

芳儿等到人皆睡熟的时候，便从未关的那只皮箱里取了一包银子，约略有三四百两，并那只金镯，总计值五六百金。芳儿也不多贪，走出船头，搭起跳板，上岸别寻生路去了。

正是：

窃去黄金，逝如红线。

欲知后事，请看下文。

笑曰：此一回足为登徒子炯戒。囊中五百金，只算为芳儿侑酒之费。世安得有亿兆芳儿，一破此财虏之悭囊？

第四回　诈钱财赃官受苦打　劫牢狱豪杰走长途

话说尹子芸到了半夜酒气渐消，醒转来，呼人取茶。船长同水手早已深入黑甜乡，任他如何喊叫，总不答应。尹子芸无法，只得挣扎起来，剔亮了灯。方欲斟茶，忽见皮箱大开。尹子芸吃惊非小，急忙查点，已少了一包银子。乃扯开嗓子，大声喊醒船长水手。四处搜寻，独不见了芳儿。

众人大为诧异，有的水手说："大约是强盗将芳儿劫去了。"

有的水手说："决计不是，若是她被强盗劫去，岂有不喊叫的道理？"

那船长最信鬼神，却说道："这芳儿定准是水母娘娘的化身，特意来指点我们的，我们还须焚香祷告才是。"

尹子芸平日亏心事极多，听船长所说，信以为实，不但不敢追究，还买了三牲香烛，敬谨祀神，也真算是倒霉了。

如今且讲芳儿上岸之后，见前途洞黑如漆，回首四望，也没一星灯火。唯闻水声淙淙、怪枭乱啼，触于耳目者，无非凄惨之境。芳儿思往悲今，情不由主，大哭起来。

其时，适有一大侠客，从此经过。这个大侠客是何人呢？

原来他姓宋名雄，江苏徐州府砀山县人，家资豪富，当时有宋百万之称。这宋雄性情豪爽，常做仗义疏财之事，凡江湖上的人物，无一不认识他。后来因有一个赃官作砀山县令，涎羡宋雄的家财，屡次借端敲诈，宋雄也曾容忍数次。哪知这赃官贪心无厌，得步进步。一天，忽发了请帖，邀宋雄饮酒，宋雄虽知其不怀好意，但亦不得不去。于是坐了一肩轿子，带了两个随身家人，来到县署。那赃官极其殷勤款待，谈了几句应酬话，便请宋雄入席。宋雄见席中除自己而外，皆系署中幕友，无一外客，心中十分狐疑，然不便追问。

等到上了几样菜后，那赃官开口向宋雄道："今年淮徐一带，收成大坏，冻饿死的人，不计其数。小弟忝膺民社，无法周恤，真是可耻可愧。然而这事也不是我一人的责任，老兄务必解囊相助，拨五万银子交给小弟以便赈济难民。"

宋雄已有了几分酒意，乃冷笑道："淮徐乃是淮徐人的淮徐，晚生自然会去放赈，莫说五万，便是五十万，晚生也不吝惜，此事可不必老公祖费心。"

赃官道："老兄的话虽然不错，但是现在人心大坏，若没有官力压制，便种种强横，恐怕老兄私自放赈的结果，不特不能得好处，还要大大地受害呢！"

宋雄道："晚生素来做事皆一秉至公，鬼神可鉴，虽是受害，亦所不辞。至于拨银交老公祖的事，决计不能从命。"

赃官本来心虚，听宋雄语带讥刺，不觉老羞成怒，拍桌大声道："你说你是一秉至公，难道本县还存什么私心不成？"

宋雄本是一个血性人，哪里受得赃官的呼叱？便也拍桌道："你讲你不存私心，只好骗骗三岁的孩子。在我跟前，少要摆脸。"

赃官更怒道："你一介小民，居然敢挺撞父母官，真是目无法纪，若不将你惩办，以后何以警诫刁顽？"

宋雄听得愤火上焰，不待赃官说完，便走到赃官面前，一手抓住了他的辫子，一手打他的嘴巴。那些幕友家人，欲要捆宋雄，又恐怕伤了赃官；欲要不捆，见赃官的嘴巴已经被他打得同猴子屁股一样子。一时全衙门人声鼎沸，上房里太太、姨太太、小姐都不顾羞耻，跑出外面来。后来幸亏有一个伺候签押房的家人，略有见识胆量，见赃官被宋雄打得不堪，乃冒着险走到宋雄后，抱住了他的腰。其余的家人，也就壮着胆，一哄而上。宋雄此际虽有气力，究不能敌多数的人，所以被那些家人已经捆住。宋雄的两个家人见主人被捆，便飞奔回家报信去了。赃官见宋雄已经被捆，便不顾嘴巴痛，即刻传伺候坐堂，将宋雄打了五百大板，钉镣收禁，自回上房养伤。只可怜宋雄平白遭冤，无从申诉，只有怨不该生在中国这种惨社会罢了。

宋雄进狱之后，狱吏知他是个财翁，故意为难，将他锁在屎坑旁边的一根柱子上，无茶无饭，所谓地狱的苦处也不过如此了。

且说跟宋雄的两个家人，奔到家中报了信，把宋雄的妻子直吓死过去，一面着人到宋雄的朋友处报信，一面拿些银钱着人到狱中打点，宋雄方免受尿屎的臭气。

其时，宋雄的各友听得这个凶耗，莫不愤气填胸，恨不得将赃官碎尸万段。其中有一人姓龙名藏，沛县人氏，乃是绿林中的豪杰，与宋雄交同胶漆。听此凶耗，便欲去劫牢，但是独力不成，只得闷在心里。一天，闲暇无事，随步走到一家小酒楼中，要了两样菜、两壶酒，一人坐在那里，以酒浇愁。忽听楼梯响处，上来了一个雄伟大汉，身上穿着一件黑布大袄，松着纽扣，腰间系了一条白布腰带，手中捏了两个小铁球，碰得叮叮当当地响。龙藏见他形状，好像绿林中人，便操着绿林秘密话，问讯了几句。那大汉也操着绿林秘密话，回答了几句。于是龙藏招呼他在一桌上坐下，又要了几样菜、几壶酒。方问那大汉的姓名。

大汉答道："我名叫张五，是山东巨野人。"

又问了龙藏的姓名，龙藏回答了。他又随便谈了几句江湖上的话。那大汉却是愁眉苦眼，闷闷不乐的神气。

龙藏乃问道："张五哥，你有什么心思吗？"

张五叹了一口气道："宋雄宋大哥，这个人你可知道吗？"

龙藏道："他是我的好友，你在何处认得他的？"

张五道："虽然没有见过，却是久闻其名。现在听说他被赃官诬害，下了狱了。"

说着，眼泪已簌簌落了下来。

龙藏道："张五哥，且不必哭，我们大家为好朋友起见，总须将宋大哥救出来才好。"

张五道："极是，极是。你却有什么好法子呢？"

龙藏便附着张五的耳，说了几句。

张五听罢，心花大放，泪也止了，精神也活泼了。

二人重新痛饮了几杯酒。到了夜间，二人在一个土地庙里扎束停妥，越进狱中，将宋雄负出。回到宋雄家中，收拾了些细软，便带着宋雄的妻子，连夜逃走。那日路过瓜洲，适遇芳儿落难。

正是：

流泪眼观流泪眼，难中人求难中人。

欲知后事，且待下回。

笑曰：宋雄之吃官司，财为之也；设宋雄无财，赃官必不敲其竹杠。及至身入狱中，而狱吏之处置有财者，亦较寻常为尤酷。呜呼！处是等黑暗世界中，固亦不能有财。

［原署名：侠，刊于《新新小说》第八期（1905 年 5 月）、

第九期（1906 年 6 月）］

附录

小 说 丛 话

今试游五都之市、十室之邑，观其书肆，其所陈列者，十之六七，皆小说矣。又试接负耒之农，运斤之工，操奇计赢之商，聆其言论，观其行事，十之八九，皆小说思想所充塞矣。不独农工商也，即号为知识最高之士人，其思想、其行事，亦未尝不受小说之感化。若是乎，小说之势力，弥漫渐渍于社会之中。吾国今日之社会，其强半，直可谓小说所造成也。小说之势力亦大矣！

小说之势力，所以能若是其盛者，其故何欤？

曰：小说者，近世的文学，而非古代的文学也。此小说所以有势力之总原因，而其他皆其分原因也。

何谓近世文学？近世文学者，近世人之美术思想，而又以近世之语言达之者也。凡人类莫不有爱美之思想，即莫不有爱文学之思想。然古今人之好尚不同，古人所以为美者，未必今人皆以为美也；即以为美矣，而因所操之言语不同，古人所怀抱之美感，无由传之今人，则不得不以今文学承其乏。今文学则小说其代表也，且其位置之全部，几为小说所独占。吾国向以白话著书者，小说外，殆无之。即有之，亦非美术，性质不得称为文学。全国之中，有能通小说而不能读他种书籍者，无能读他种书籍而不能读小说者。其大多数不识字不能读书之人，则其性质亦与近世文学为近，语之以小说则易入，语之他种书籍则难明，此小说势力弥漫社会之所由也。

近世文学之特质有三：一曰切近。古代文学之所述，多古人之感想，与今人之感想，或格格不相入。近世文学，则所述者多今人之感想，切近而易明。传所谓法后王，为其近古而俗变相类，论卑而易行也。一曰详悉。凡言语愈进化则愈详明，故古文必简，今文必繁。小说者，极端之近世文学也，故其叙事之精详，议论之明爽，迥非他种书籍所及。一曰皆事实而非空言。此非谓近世文学不可以载理想也，特习惯上，凡空漠之理想，均以古文达之耳。以今文载理想，诚有不如古文之处。此由古文为思想高尚之人所使用，今文则为一般普通人所使用也。此其理甚长，当别论。凡读书者，求事实则易明，论空理则难晓，此又尽人之所同矣。凡此三者，皆近世文学之特质，而唯小说实备具之。此其所以风行社会，其势力殆如水银泻地，无孔不入也。

小说势力之盛大，既如此矣。其与社会之关系果若何？近今论之者多，吾以为亦皆枝叶之谈，而非根本之论也。欲知小说与社会之关系，必先审小说之性质。明于小说之性质，然后其所谓与社会之关系，乃真为小说之所独，而非小说与他种文学之所同也。

小说之性质，果何如邪？为之说者曰："小说者，社会现象之反映也。"

曰："人间生活状态之描写也。"

此其说固未尝不含一面之真理；然一考诸文学之性质，而有以知其说之不完也。何则？凡号称美术者，绝无专以摹拟为能事者也。专以摹拟为能事者，极其技，不过能与实物等耳。世界上亦既有实物矣，而何取乎更造为？即真能肖之，尚不足取，况摹造者之决不能果肖原物乎？如蜡人之于人是已。亦有一种美术，专以摹拟肖物为能者，如宋人之刻楮叶是也。此别是一理。夫美术者，人类之美的性质之表现于实际者也。美的性质之表现于实际者，谓之美的制作。凡一美的制作，必经四种阶级而后成。所谓四种阶级者，一曰模仿。模仿者，见物之美而思效其美之谓也。凡人皆能有辨美恶之性。物接于我，而以吾之感情辨其妍媸。其所谓美者，则思效之；其所谓不美者，则思去之。美不美为相对之现象，效其美即所以去其不美也。丑若无盐，亦

184

欲效西施之颦笑；生居僻陋，偏好袭上图之衣冠，其适例也。二曰选择。选择者，去物之不美之点而存其美点之谓也。接于目者不止一色，接于耳者不止一音。色与色相较而优劣见焉，音与音相较而高下殊焉。美者存之，恶者去之，此选择之说也。能模仿矣，能选择矣，则能进而为想化。想化者不必与实物相触接，而吾脑海中自能浮现一美的现象之谓也。艳质云遥，闭目犹存遐想；八音既歇，倾耳若有余音：皆离乎实物之想象也。人既能离开乎实物而为想象，则亦能综错增删实物而为想象。姝丽当前，四肢百体，尽态极妍。惟稍嫌其长，则吾能减之一分；稍病其短，则吾能增之一寸。凡此既经增减之美人，浮现于脑海之际者，已非复原有之美人，而为吾所综错增删之美人矣。此所谓想化也。能想化矣，而又能以吾脑海中之所想象者，表现之于实际，则所谓创造也。合是四者，而美的制作乃成。故美的制作者，非摹拟外物之谓，而表现吾人所想象之美人之谓也。吾人所想象之美的现象之表现，则吾人之美的性质之表现也。盖人之欲无穷，而又生而有能辨别妍媸之性。惟生而有能辨别妍媸之性也，故遇物辄有一美不美之观念存乎其间；惟其欲无穷也，故遇一美的现象，辄思求其更美者，而想化之力生焉。想化既极，而创造之能出焉。如徒以摹拟而已，则是人类能想象物之美，而不能离乎物而为想象也，非人之性也。

185

美术之性质既明，则小说之性质，亦于焉可识已。小说者，第二人间之创造也。第二人间之创造者，人类能离乎现社会之外而为想象，因能以想化之力，造出第二之社会之谓也。明乎此，而小说与社会之关系，亦从可知矣。

凡人类之所为营营逐逐者，其果以现社会为满足邪？抑将于现社会之外，别求一更上之境邪？此不待言而可知也。夫人类既不能以现社会为满足，而将别求一更上之境，则其所作为，必有超出乎现社会之外而为活动者，此社会变动不居之所由也。此等作为，必非无意识之举动，必有其所蕲向之目的。而其所蕲向之目的，必有为之左右者，则感情是。能左右感情者，则文学是。夫人类之所谓善恶者，果以何标准而定之？曰：感情而已矣。感情之好者善也，感情之所恶者恶也。虽或有时指感情之所恶者为善，好者为恶，此特一时之所好，有害将来之所好，或个体之所好，有害于群体之所好，因而名之。究其极，仍不外以好恶为善恶之标准也。然则人类之活动，亦就其所好，违其所恶而已矣。人类之好恶，不能一成而不变。其变也，导之以情易，喻之以理难。能感人之情者，文学也。小说者，文学之一种，以其具备近世文学之特质，故在中国社会中，最为广行者也。则其有诱导社会，使之改变之力，使中国今日之社会，几若为小说所铸造也。不亦宜乎！

小说之分类，可自种种方面观察之。第一从文学上观察，可分为如下之区分：

$$
\text{小说}\begin{cases}\text{散文}\begin{cases}\text{文言}\\\text{俗语}\end{cases}\\[2ex]\text{韵文}\begin{cases}\text{传奇}\\\text{弹词}\end{cases}\end{cases}
$$

凡文学，有以目治者，有以耳治者，有界乎二者之间者。以耳治者，如歌谣是。徒歌曰谣，谓不必与乐器相联合也。必聆其声，然后能领略其美者也。如近世所歌之昆曲，词句已多鄙俚，京调无论矣，近人所撰俚俗无味之风琴歌，更无论矣。然而人好听之者，其所谓美，固在耳而不在目也。设使此等歌词，均不能播之弦管，而徒使人读之，恐除一二著名之曲本外，人皆弃之如土苴矣。此所谓文之美以耳治者也。以目治者，凡无韵之文皆属之，不论其为文言与俗语也。小说中如《聊斋志异》，如《阅微草堂笔记》，则文言也；如《水浒》，如《红楼梦》，则俗语也。而皆属于文学中散文之一类，即皆属于目治之一类。盖不必领略其文字之声音，但目存而心识之，即可以领略其美者也。兼以耳目治之者，则为有韵之文，如诗歌，如词曲，如小说中之弹词，皆是也。此等文字之美，兼在其意义及声音。故必目观之，心识之，以知其意义之美；亦必口诵之，耳听之，而后能知文字相次之间，有音调协和之义存焉。二者缺其一，必不能窥其美之全也。此所谓兼以耳目治之者也。此种文学，所以异于纯以耳治之文学者：彼则以声音为主，文词为附，所谓按谱填词，必求协律，虽去其词，其律固在，而徒诵其词，必不能知其声音之美；此则声调之美，即存乎文字之中，诵其词，即可得其音，去其词，而其声音之妙，亦无复存焉者矣。盖一则先有声音之美，而后附益之以文词；一则为文词之中之一种尔。凡文，必别有律以歌之而后能见其美者，在西文谓之 Declamation，日本人译曰朗读；但如其文字之音诵之，而即可见其美者，在西文曰 Recitation，日本人译为吟诵；其不需歌诵，但目识而心会之，即可知其美者，在西文曰 Reading，日本人译曰读解。

小说之美，在于意义，而不在于声音，故以有韵、无韵二体较之，宁以无韵为正格。而小说者，近世的文学也。盖小说之主旨，为第二人生之创造。人之意造一世界也，必不能无所据而云然，必先有物焉以供其想化。而吾人之所能想化者，则皆近世之事物也。近世之事物，唯近世之言语，乃能建之，古代之言语，必不足用矣。文字之所以历世渐变，今必不能与古同者，理亦同此。故以文言、俗语二体比较之，又毋宁以俗语为正格。吾国小说之势力，所以弥漫于社会者，皆此种小说之为之也。若去此体，则小说殆无势力可言矣。

小说自其所叙事实之繁简观察之，可分为：复杂小说、单独小说二者。复杂小说，即西文之 Novel；单独小说，即西文之 Romance 也。

单独小说，以描写一人一事为主；复杂小说则反之。单独小说，可用自叙式；复杂小说，多用他叙式。盖一则只须述一方面之感情理想，一则须兼包多方面之感情理想也。复杂小说，篇幅多长；单独小说，篇幅多短。复杂小说，同时叙述多方面之情形，而又须设法，使此各个独立之事实，互相联络，成一大事，故材料须宏富，组织须精密，撰著较难；单独小说，只述一人一事，偶有所触，便可振笔疾书。其措语，只一方面之情形须详，若他方面，则多以简括出之。即于实际之情形，不甚了了，亦不至不能成篇。二者撰述之难易，实有天渊之隔也。

单独小说，宜于文言；复杂小说，宜于俗语。盖文言之性质为简括的，俗语之性质为繁复的也。观复杂小说与单独小说撰述之难易，而文言与俗语，在小说中位置之高下可知矣。

今更举复杂小说与单独小说明切之区别如下。

单独小说者，书中唯有一主人翁，其余之人物，皆副人物也。副人物之情形，其有关于主人翁者，则叙述之；其无关于主人翁者，则不叙也。故副人物者，为主人翁而设焉者也。虽有此人物，而其意并不在描写此人物，仍在于描写主人翁也。故单独小说者，以描写一人一事为主义者也。凡西洋小说，多为单独小说，若《茶花女》《鲁滨逊漂流记》等，其适例也。

189

中国之短篇小说，亦多属此类，如《聊斋志异》，其适例也。

复杂小说者，自结构上言之，虽亦有一主人翁，然特因作者欲组织许多独立之事实，使合成一事，故借此人以为之线索耳。其立意，则不在单描写此一人也。故其主人翁，一书中可有许多。如《红楼梦》十二金钗，皆主人翁也。柳三郎、尤小妹，亦主人翁也。即刘姥姥、焦大，亦为主人翁。断不能指宝玉或黛玉为主人翁，而其余之人，皆为副人物也。何也？以著书者于此等人物，固皆各各独立加以描写，而未尝单描写其关于主人翁之一方面也。欲明此例，以《儒林外史》证之，最为适切。读此书者，虽或强指虞博士或杜少卿为主人翁，然其非显而易见矣。盖作者之意，固在于一书中描写多种人物也。

要之单独小说，主人翁只有一个；复杂小说，则同时可有许多。而欲判别书中之人物，孰为主人翁，孰非主人翁，则以著书者于其人物，曾否加以独立之描写为断。盖一则为撰述主义上之主要人物，一则为其结构线索上之主要人物也。

然则复杂小说之不得不用俗语，单独小说之不得不用文言，其故可不烦言而解矣。盖复杂小说，同时须描写多方面之情形，其主义在详，详则非俗语不能达。单独小说，其主义中在描写一个人物，端绪既简，文体自易简洁，于文言较为相宜也。而复杂小说之多为长篇，单独小说之多为短篇，其故又可知矣。盖一则内容之繁简使然，一则文体之繁简使然也。

复杂小说，感人之深，百倍于单独小说，盖凡事愈复杂则愈妙，美的方面类然，固不独文学，亦不独小说也。即以知的方面论，人亦恒为求知之心所左右，如遇奇异之事，常好探究其底蕴是也。所以好探究其底蕴者，以欲窥见此事物之全面，而不欲囿于一部分耳。应于人类此两种欲望，而求所以满足之，则复杂小说，实较单独小说为适当。何者？复杂小说，自知的方面率之，则能描写一事实之全体，复杂小说其主意虽在描写各个独立之事实，于一书中备载各方面之情形，然于文字组织，必将各种事实，联结穿贯，恰如合众小事成一大事者然。故自其目的上言之，可谓为同时描写各方面之情形；自其文字组织上言之，又可谓备写一事之全体也。使人类如观一事而备见其里面、侧面者然。如写一恶人，多方设计，以陷害善人，在复杂小说，则可自善人、恶人两面兼写之，使此二人之性情行为，历历如绘。单独小说，则只能写恶人陷害善人时之行为，而其背后种种图谋设计之情形，不能备举矣。如兼写之，便成复杂小说。是不啻观一事，但见其正面，而未见其反面、侧面也。其不足餍人求知之心，无俟言矣。至情的方面，则愈复杂而愈见其美，单独之不如复杂，更无待论也。

欧美小说，较之中国小说，多为单独的，此其所以不如中国小说之受人欢迎也。

小说之叙事，有主、客观之殊。主观者，书中所叙之事，均作为主人翁所述，著书者即书中之主人翁；或虽系旁观，而特为此书中之主人翁作记录者也。西洋小说，多属此种。近年译出之小说，亦大半属于此种。客观者，主人翁置身书外，从旁观察书中人之行为，而加以记述者也。中国小说，多属此种。要之主观的，著书之人，恒在书中；客观的，则著书之人，恒在书外，故亦可谓之自叙式（Autobiographic）及他叙式（Biographic）也。

自叙式小说，宜于抒情，宜于说理；他叙式小说，则宜于叙事。小说以创造一境界为目的，以叙事为主，故他叙式胜于自叙式。又他叙式小说，多为复杂的，自叙式多为单独的，其理由前文已详，兹不赘。

小说自其所载事迹之虚实言之，可别为写实主义及理想主义二者。写实主义者，事本实有，不借鉴虚构，笔之于书，以传其真，或略加以润饰考订，遂成绝妙之小说者也。小说为美的制作，义主创造，不尚传述。然所谓制作云者，不过以天然之美的现象，未能尽符吾人之美的欲望，因而选择之，变化之，去其不美之部分，而增益之以他之美点，以成一纯美之物耳。夫天然之物，尽合乎吾人之美感者，固属甚鲜，然亦不能谓为绝无，且有时转为意造之境所不能到者。苟有此等现象，则吾人但能记述抄录之，而亦足成其为美的制作矣。此写实主义之由来也。此种著录，以其事出天然，竟可作历史读，较之意造之小说，实更为可贵。但必实有其事而后可作，不能强为耳。如近人所作短篇记事小说甚多，往往随手拈来，绝无小说之文学组织，读之亦绝无趣味，此直是一篇记事文耳，何小说之云！此即无此材料而妄欲作记实小说之弊也。又有事出臆造，或十之八九，出于缘饰者，亦妄称实事小说以欺人，此则造作事实，以乱历史也。要之，小说者，文学也。天然事实，在文学上，有小说之价值者，即可记述之而成小说。此种虽非正宗，恰如周鼎商彝，殊堪宝贵。若无此材料，即不必妄作也。

小说发达之次序，本写实先而理想后，此文学进化之序也。大抵理想小说始于唐，自唐以前，无纯结撰事实为小说者。古之所谓小说者，若《穆天子传》，若《吴越春秋》，正取其事之恢奇，而为史氏记录之所不及者耳。若寓言，则反不以之为小说也。吾谓今之小说，实即古之寓言；今所谓野史杂史者，乃古小说耳。然则今有记实小说，竟以之作野史读可矣，其可宝贵为何如！然此非纯文学也。自文学上论之，终以理想小说为正格。

记实小说，多为短篇，以天然事实，有可为小说之价值者，从文学上论。往往限于一部分故也。即其事不限于一部分，而已非著者观察之力所及，只得以概括出之矣，此实事之无可如何者也。

又有一种小说，合乎理想与写实之间者，如《儒林外史》是。《儒林外史》中之人物，皆实有其人，但作者不便揭出其姓名，则别撰一姓名以代之；书中所载之事实，不必悉与其人之行事相符，然实足以代表其人之性行者也。要之此种小说，不徒以叙述我理想中所创造之境界为目的，而兼以描写一时代社会上之情状为目的，不啻为某时代之社会作写真。然其人物之名，皆出于虚造；其事实，亦不必与原有之实事相符。正如画工绘物，遗貌取神，欲谓为某物而不得，欲谓非某物而又不得也。此种小说，既可借以考见某时代社会上之情状，有记实小说之长，而其文学上之价值，亦较记实小说为优，实最可宝贵者也。今之所谓社会小说者，多属此种。但作者须有道德心，且须有识力。必有道德心，有识力，然后其所指为社会上之污点者，方确为社会上之污点，足资读者之鉴戒，而贻后人以考镜之资。非如世之妄作社会小说者，绝无悲天悯人之衷，亦无忧深虑远之识，随意拈着社会上一种现象，辄以嬉笑怒骂施之，贻社会以恶名，博一己之名利，所言皆无责任之言，无病之呻，绝未知社会之病根何在，既不能使闻者有戒警恐惧之益，复不能贻来者以研求考镜之资也。

《儒林外史》，篇幅虽长，其中所包含之事实虽多，然其事实，殆于个个独立，并无结构之可言。非合众小事成一大事。

194

与向来通行之长篇小说，体例不合，实仍短篇小说之体裁耳。此亦足以证吾记事小说多为短篇之说矣。

凡小说，必有其所根据之材料。其材料，必非能臆造者，特取天然之事实，而加之以选择变化耳。取天然之事物，而加之以选择变化，而别造成一新物，斯谓之创造矣。然其所谓选择变化者，又非如以盐投水，一经化合，遂泯然尽亡其迹象也。往往有一部分，仍与原来之形质状态，丝毫无异者，特去其他部分，而别取他一体之他部分，或臆造一部分以配之耳。质而言之，则混合物，而非化合物也。夫如是，故无论何种小说，皆有几分写实之主义存。特其宗旨，不在描写当时之社会现状，而在发表自己所创造之境界者，皆当认之为理想小说。由此界说观之，则见今所有之小说中，百分之九十九，皆理想小说也。此无足怪，盖自文学上论之，此体本小说中之正格也。

西人论戏剧，分喜剧与悲剧二种。吾谓小说亦可作此分类。而二者之中，又各可分为纯粹的与不纯粹的二者。试分论之如下。

绝对的悲情小说，书中所述之事实，以缺憾终者也。"缺憾"二字，为悲情小说之特质。凡事之绝无缺憾者，皆无哀情小说之价值者也。特事之缺憾，有绝对的与非绝对的之分。何谓绝对的？其事不能于其本人之生前解决之者是也。如

195

《三国演义》所写之"陨大星汉丞相归天"，《红楼梦》所写之"林黛玉焚稿断痴情"，其适例也。此等事实，其特质，在其人所遭之缺憾，不能弥补之于生前，而徒以诉之于后世之人。要而言之，则屈于势，伸于理，厄于当日之命运，而伸于后日之人心而已。直不啻告人以强权之不可恃，公理之不可蔑弃，从举世滔滔，竞尚争斗之际，而引起其反省之良心也。故其感人为最深，而于世道人心，为最有益也。

相对的悲情小说，绝对的悲情小说，善矣。然读此等小说太多，易使人之气郁而不舒，其心怫逆而不平，故亦有害。论戏剧者，谓绝对的悲壮之剧，不宜多演，职是故也。欲调剂于是而使适其宜，则莫如相对的悲情小说矣。相对的悲情小说者，虽亦有多少之缺憾，而其结果，大抵以圆满终者也。此等戏剧，西人谓之 Reconciliation（译言和解）。我中国之《西厢记》，若但观其原文，则为绝对的悲情小说；若合《续西厢》观之，则相对的悲情小说也。《红楼梦》《后红楼梦》亦此例。弹词中之《来生福》，尤其显焉者也。人生世界中，奋微力以与运命抵抗，与恶社会宣战，果其无所为而为之者，能有几人？其大多数，皆希望今世之成功者也。若一国中之小说，而皆为绝对的悲情小说，是不啻诏人以成功之终不可期，现世之终无可望也，其不因而灰颓失望者寡矣。故必有相对的悲情小说以救之，告以现世非不可期，而必先冒险犯难，而后可期目的之达，成功非无可望，亦必先历尽艰苦，而后知成功之乐，则其所以鼓励人之勇气，而坚其自信之力者，其功大矣。"十年窗下无人问，一举成名天下知"，此穷儒之所以蹭蹬场屋，历数十年，而终不肯弃其青毡也。"但教心似金钿坚，天上人间会相见"，此痴儿怨女，所以明知所望之必无成理，而海枯石烂，矢志不渝也。然则此种小说，其于诏人以纯守公理不计利害，固不如绝对的悲情小说之优，而于激人勇往之气，开人希望之途，则其功之伟，亦不可没矣。

绝对的喜情小说。悲情小说与喜情小说之最大区别，则悲情小说，诉之于情的方面，而喜情小说，则诉之于知的方面也。何谓诉之于知的方面？则其事自感情一方面言之，本无所谓满足与缺憾，毫不足以动喜怒哀乐之情；特自知的方面观之，则其事甚为可笑而有趣，因以引动其愉快之情耳。如《齐谐》志怪之书，本于人生无何等之关系，读之殊不足以动人喜怒哀乐之情；但其事自知的方面言之，甚为恢奇，故足以餍人好奇之心，而人亦喜读之。如《封神榜》《西游记》等，皆此类也。《封神榜》《西游记》，或谓作者别有用意，然读此二书之人，其所以激赏之者，皆在知的方面也。又有其事自知的方面论之，甚为可笑者，亦足以引起人之兴味，如近译之《哑旅行》，其适例也。此种小说，专以供人娱乐为目的，无甚深意，然其通行颇广，而其为事亦不可废。盖自社会之活动论之，娱乐固亦

197

其一方面也。

凡小说，无纯属于情的方面者，亦无纯属于知的方面者。盖纯属于知的方面，则其书太浅薄而不足观，故亦必有所以激刺人感情之处。如《封神榜》，人之激赏之，以其事之恢奇也，知的方面也；而其写"费仲计废姜皇后"一段，极写皇后之忠贞英烈，费仲、妲己等设计之惨毒，读之使人泪涔涔下，则为悲情，而属于情的方面矣。又如《西游记》，人之好之，亦以其事之恢奇也，知的方面也；然其写"圣僧恨逐美猴王"一段，极写孙行者之惓惓忠爱，猪八戒之进谗，唐僧之固执偏听，读之使人感慨唏嘘，不能自已，则为哀情，而属于情的方面矣。若纯属于情的方面，则其事实之全体，固足以哀顽感艳，而其情节，绝不能离奇变幻，引人入胜，则缺文学上之组织，而不成其为小说矣。故凡悲情小说，其宗旨虽在感人之情，而其事实，亦无有曲折入妙，使人读之而不能自已者。此则凡小说皆如此，欲举其例，实不胜枚举也。然则悲情小说与喜情小说，孰从而判别之乎？曰：此则当观其全书之宗旨。全书之宗旨，在动人之感情者，悲情小说也；以供人娱乐为目的者，则喜情小说也。

相对的喜情小说。此种小说，在知的方面，见为可笑；而在情的方面，又见为可哀。如《水浒传》中之武大，其绝无所知，一任潘金莲之播弄，则可笑；及观其为潘金莲、西门庆所谋毙，则可哀。又如《红楼梦》中之迎春，其漫无分晓时可笑；及观其为孙绍祖所凌虐，则可哀。贾政，其漫无分晓时可笑；及观其查抄家产后，几乎家破人亡，束手无可为计，亦可哀。又如近今戏剧中之《戏迷传》《算学迷》等，亦此例也。此种小说，恰与相对的悲情小说相对。盖一则于悲苦已极，无可发泄之时，而忽与之以满足之境，使之破涕为笑；一则于言笑方酣之际，微动之以可悲之情，不啻诏人以乐不可极、极之而哀之理，实热闹场中一服清凉散也，故其有益于人亦颇大。

今试更举此四种小说，对于心理上之作用如次：

一、使人苦者：绝对的悲情小说。

二、使人乐者：绝对的喜情小说。

三、使人先苦而后乐者：相对的悲情小说。

四、使人先乐而后苦者：相对的喜情小说。

大抵乐极则苦，苦极则乐，苦乐之情，相为循环。故读悲情小说者，其愉快之情，恒在终卷之后；读喜情小说者，其厌倦之情亦然。观悲剧者，能存留胸中数日；而观喜剧者，往往过目即忘，亦此故也。而悲剧及悲情小说，感人较深，喜剧及喜情小说，感人较浅，亦由此。

小说有有主义与无主义之殊。有主义之小说，或欲借此以牖启人之道德，或欲借此以输入智识，除美的方面外，又有特殊之目的者也，故亦可谓之杂文学的小说。无主义之小说，专以表现著者之美的意象为宗旨，为美的制作物，而除此以外，别无目的者也，故亦可谓之纯文学的小说。纯文学的小说，专感人以情；杂文学的小说，则兼诉之知一方面。中国旧时之小说，大抵为纯文学的小说。如《镜花缘》之广搜异闻，如《西游记》之暗谈医理，似可谓之杂文学的小说矣。然其宗旨以供人娱乐为目的，则仍纯文学的小说也。近顷竞言通俗教育，始有欲借小说、戏剧等，为开通风气、输入智识之资者。于是杂文学的小说，要求之声大高，社会上亦几视此种小说，为贵于纯文学小说矣。夫文学与智识，自心理上言之，各别其途；既其为物也，亦各殊其用。开通风气，灌输知识，诚要务矣，何必牵入于文学之问题？必欲以二者相牵混，是于知识一方面未收其功，而于文学一方面，先被破坏也。近今有一等人，于文学及智识之本质，全未明晓，而专好创开通风气、输入智识等空论。于是论小说，则必主张科学小说、家庭小说，而排斥神怪小说、写情小说等；言戏剧，则必崇尚新剧，而排斥旧时之歌剧。而一考其所著之小说，所编之戏剧，则支离灭裂，干燥无味，毫无文学上之价值，非唯不美，恶又甚焉。此等戏剧，此等小说，即使著者自观之，亦必如魏文侯之听古乐，为睡魔所缠扰也。而必竭力提倡之，吾无以名之，名之曰头巾气，曰煞风景而已矣。而犹有人从而附和之，吾无以名之，名之曰：好恶拂人之性而已矣。

有主义与无主义小说之优劣，吾请举一适切之例为证：《荡寇志》，有主义之小说也；《水浒》，无主义之小说也。请问读者，二书之优劣若何？对于社会上，势力孰大？是亦足以见好恶之同矣。

吾请更举一事，以资读者诸君之一笑。吾尝于一日间并观新旧二剧。其旧剧，则《牡丹亭》中之《游园》也。夫《游园》，以道德主义论之，则淫剧也。开场时，旦角所诵者为："梦回莺啭，乱煞年光遍，人立小庭深院。炷尽沉烟，抛残绣线，恁今春关情似去年！"抚时序之迁流，念芳春之不再，而因以动摽梅迨吉之思，正与下文之"可知我一生儿爱好是天然，恰三春好处无人见"同义，为"没乱里春情难遣，蓦地里怀人幽怨。只为俺生小婵娟，拣名门一例一例的神仙眷，甚良缘，把青春抛得远"作引子，《红楼梦》所谓意淫者也。从智识一方面论之，则此等戏剧，徒使青年男女观之，诱起其卑劣之感情耳。然吾观是剧竟，只觉有高尚优美之感情，而绝无劣情发生焉。及观新剧，系以一家庭小说编成者。剧中之主要人物，为一小旦，至高尚纯洁之女道德家也。而其出场也，高领、浓妆、堕马髻、窄袖短衣，口操苏白飏眉倦眼而言曰："今朝天气热来西。""来西"，甚之之词，犹北语言"热得很"。反使吾觉其人格不甚高尚纯洁，而劣情几乎发生也。夫小说、戏

201

剧，皆欲以动人也，使人观之而其胸中之感情，适与作者所期望者相反，又何取乎其为之？而其功效又何在也？

纯文学的小说，与不纯文学的小说，其优劣之原，果何自判乎？曰：一诉之于情的方面，而一诉之于知的方面也。子曰："法语之言，能无从乎！巽与之言，能无说乎！"法语之言，智的方面之事也，非文学的也；巽与之言，情的方面之事也，文学的也。夫孰谓智的方面之不当牖启者？然径以法语之言牖启之可矣。必于情的方面之中，行智的方面之教育，牵文学的与非文学的为一问题，是俳优而忽欲效大臣之直谏也，其不见疏于其君，解矣！夫欲牖启人之道德者，与告以事之不可为，宁使之自羞恶焉而不肯为。知其不可为而不为，是犹利害问题也，一旦利胜于害，则悍然为之矣。自羞恶焉而不肯为，则虽动之以千驷之利，怵之以杀身之祸，而或不肯为也。然则即以道德论，不纯文学小说与纯文学小说之功，其相去亦不知其道里也！

如上所述，皆自理论上为抽象的分类者也。而今人所锡小说种种名目，则皆按其书所述之事实，而一一为之定名者。质而言之，则因材料之异同，而为具体的分类也。此种分类，名目甚多，而其界说甚难确定，往往有一种小说，所包含之材料甚多，归入此类既可，归入他种，亦无不可者。自理论上言之，实不完全之分类法也。然人之爱读小说者，其嗜好亦往往因其材料而殊。是则按其所载之事实，而锡之以特殊之名称，于理论上虽无足取，而于实际亦殊不容已也。今试更就通俗习见之名，一论列之如下。此种名目，既无理论上一定之根样，删并增设，无所不可，不佞不过就通俗习见之名，陈述意见而已。挂一漏万之议，知所不免，亦非谓此等名目，必能成立也。读者谅之。

一、武事小说。此种小说，可称为英雄的。"英雄"二字，固为不词，然欲代表中国小说之旧思想，则唯此二字较确。除此之外，几欲求一较切之名词而不得矣。"武事"二字，亦殊不安也。儿女英雄，为小说之两大元素，实亦人类天生性质之正负二面也。此种小说，其最著者为《水浒传》。此外则《七侠五义》等，亦当属之，然无宗旨，无条理，自郐不足论矣。凡历史小说，如《三国演义》《东周列国志》等，其大部分亦带此种性质。盖历史上之事实，自文学一方面言之，有小说的价值者颇少，欲求动目，不得不偏重于此也。

此种小说，可以振起国人强健尚武之风。中国今日之风气，柔靡已极。一部分人尚武之性质，尚未尽销亡者，未始非此等小说维持之也。然其缺点亦有二：一曰蛮横不讲理，而专恃武力。下流社会之人，遇任何事，皆有一前打后商量之气概，其明证也。一曰不适切于时势。如持枪刀弓箭，而欲以御枪炮；谈奇门遁甲，则群诧为兵谋。其明证也。此由误以

《水浒传》之鲁智深、李逵，《三国演义》之诸葛孔明等为模范而失之者也。

凡英雄的小说，虽不必尽符合乎公理，而其性质，必有几分与正义相连。盗亦有道，其明证也。此等处暗中维持人心风俗之功，亦不可没。但此后之作小说者，当存其质而变其形，移而用之于有益之方面耳。如改忠君为爱国，移奖励私斗者以激励公战者是也。但此等思想，为社会所本无，冀其相投合甚难，故欲作此等小说者，其文字不可不极高尚也。质而言之，则目的虽在致用，而仍不失其文学上之价值而已。

二、写情小说。此种小说，亦可谓之儿女的，与英雄的小说，同占小说中最大多数。人类正负两面性质之代表，固应如是也。此种小说，其劣者足以伤风败俗，导人沉溺于肉欲，而无复高尚之感情，害莫大焉；然其佳者，却有涵养人德性之功，能使之日入于高尚，日趋于敦厚，其功亦决不可没。此非吾之謷言也。养成人之德性者，不在教而在感。教者，利害的关系也。而人之德性，实与利害的关系不相容，利害愈明，德性愈薄。惟善感之以情，则使读者如身入书中，而躬历其悲愉欣戚之境。睹其事之善者，则欢喜欣慕而效为之；睹其事之不善者，则深恶痛绝，虽劫之以戚，诱之以利，而不肯为焉。读此等小说愈多，则此等观念，养之愈深厚，而其人格遂日入于高尚，所谓读书变化气质也。今试问此等作用，有过于写情小说者乎？又善与美常相一致，爱美即爱善也。以善诱人，恒不如以美诱人之易。及其欢喜欣爱于美，则亦固结不解于善矣。而以美诱人者，亦莫写情小说若也。

一孔之士，每病写情小说为诲淫，谓青年子弟，不宜阅看，此真拘墟之论也。予谓青年子弟，不唯不必禁阅写情小说，并宜有高尚之写情小说以牖之。何也？男女之爱，人性自然。及其年，则自知之，奚待于诲知？慕少艾矣，而无高尚纯洁之写情小说以牖之，则易流为卑陋之肉欲之奴隶耳。高尚之写情小说，正可以救正此弊，其力非父诏兄勉之所能及也。深明心理之士，或不以予言为河汉乎！

中国旧有之写情小说，卑劣者十居八九，无益有损，亟宜改良。其卑劣之点云何？曰写男女之爱慕，往往与世俗富贵利达、声色货利等卑陋之嗜好相联带也；曰一夫多妻也。凡此皆其最大之劣点也。盖写情小说，非欲诏人以男女相恋爱之事也，以欲作人温柔敦厚之性。而使之日进于慈良，则不可不有以牖启其仁爱笃厚之性。而欲牖人仁爱笃厚之性，则借资于男女之相恋爱，为最易矣。故以是为达其目的之一手段也。惟其然也，故其感情不可以不高尚。纯洁斯高尚矣。男女纯洁之爱情，中间决不容杂以他物。一夫多妻，富贵利禄，皆有害于纯洁之甚者也。

三、神怪小说。英雄儿女之外，当推神怪为小说之第三元

205

素。盖人莫不有好奇之性，他种奇异之事，其奇异皆为限界的，唯神怪则为超绝的；而餍人好奇之性，则超绝的恒胜于限界的故也。此等小说，似与人事不相近，并无涵养性情之功，只有增益迷信之害。然能引人之心思，使人于恢奇之城。恢奇亦一种之美也。美即善也。人之心思，苦其日囿于卑近耳。苟能高瞻千古，远瞩八方，许多卑劣凡近之行为，亦必消灭于无形矣。则此种小说，亦不能谓其绝无功效也。

此种小说之美恶，与他种小说，恰成一反比例。他种小说，愈近情理愈妙；此种小说，则愈远于情理愈妙。盖愈远于情理，则愈恢奇，愈恢奇则愈善，且不致道人以迷信也。

中国社会之迷信，强半与小说相关，人遂谓迷信为此种小说所造，此亦过苛之论也。小说者，社会之产物也。谓有此种小说，而社会上此种势力，乃愈深厚，则有之矣；径谓社会为此种小说所造，则不可也。张角、孙恩，徒党半天下，其时小说安在？最近如洪、杨，亦借迷信以惑人，然中国小说中，亦岂尝有天父天兄之说乎？

四、传奇小说。此种小说，亦以餍人好奇之心为主。所以异于神怪小说者，彼所述奇异之事，为超绝的，而此则限界的也。此等小说，不必纪实。凡杜撰之事，属于恢奇，而其事又为情理中所可有者，皆属之。如写武人则极其武，写美人则极其美是也。其大多数常以传一特别有趣味之事为主，如《西厢记》其适例也。

五、社会小说。此种小说，以描写社会上腐败情形为主，使人读之而知所警诫，于趣味之中，兼具教训之目的。如《儒林外史》及近出之《官场现形记》等，其适例也。近出之小说，属于此类者颇多。此种小说，自其主义上论之，诚为有利无弊。但其佳否，当以（一）作者道德心及观察力之高低，（二）有无文学上之价值为新。说俱见前，兹不赘。

六、历史小说。如《东周列国志》《三国演义》等，全部皆根据于历史者是也。此种小说，谓可当历史读，增益智识耶，则语多荒诞，不唯不足以增长智识，反足以贻误下等社会之人，使误认小说为历史也。谓足餍人好奇之心，感动人情耶，则其文学上之价值，何如经想化而后创作者。实两无足取也。质而言之，作此等小说者，直是无主义而已矣。

此种小说中，唯有一种为可贵，则吾前所举之写实主义是也。作历史小说者，若能广搜某时代之遗闻逸事，而以小说之体裁组织之，寓考订论议之意，于怡情适性之中，虽不能称为纯文学，在杂文学中，自不失为杰构也。然殊不易为矣。

七、科学小说。此为近年之新产物，借小说以输进科学智识，亦杂文学也。较之纯文学，趣味减少；然较之读科学书，则趣味浓深多矣。亦未始非输入智识之一种趣味教育也。惜国人科学程度太低，自著者甚少。

八、冒险小说。此种小说，中国向来无人，西人则甚好读之。如《鲁滨逊漂流记》等，其适例也。此种小说，所以西有而中无者，自缘西人注意于航海，而中国人则否。故一则感其趣味，一则不感其趣味也。今既出现于译界，可借以鼓励国民勇往之性质，而引起其世界之观念，自杂文学之目的上论之，未为无益。而此等小说，所载事实，大都恢奇，颇足餍人好奇之念，自纯文学上论之，亦颇合于传奇主义也。

九、侦探小说。此种小说，亦中国所无，近年始出现于译界者也。中国人之著述，有一大病焉，曰：凡事皆凌虚，而不能征实。如《水浒传》，写武松打虎，乃按虎于地而打之。夫虎为软骨动物，如猫同，岂有按之于地，爪足遂不能动，只能掘地成坎之理？诸如此类，不合情理之事，殆于无书不然，欲举之，亦不胜枚举也。夫文学之美，诚在创造而不在描写，然天然之美，足供吾人之记述者亦多矣，不能细心观察，则眼前所失之好资料已多，况于事物之本体尚不能明，又乌足以言想化乎！此真中国小说之大病也。欲药此病，莫如进之以侦探小说。盖侦探小说，事事须着实，处处须周密，断不容向壁虚造也。如述暗杀案，凶手如何杀人，尸体情形如何，皆须合乎情理，不能向壁虚造。侦探后来破获此案，亦须专恃人事，不能如《西游记》到无可如何时，即请出如来观音来解难也。此等小说，事多恢奇，亦以餍人好奇之性为目的。

如上所述，不过举现今最流行之名目，略一评论之而已。若欲悉举之，则诚有所不暇，且亦可以不必也。昔有人谓小说可分为英雄、儿女、鬼神三大类，此说吾极赞成之。盖从心理上具体地分之，不过如此。英雄一类，所以描写人之壮志；儿女一类，所以描写人之柔情，属于情的方面；鬼神一类，所以餍人好奇之性，属于智的方面；其余子目虽多，皆可隶属于此三类中也。

小说之篇幅，有长短之殊，人因分之为长篇小说、短篇小说。然究竟满若干字，则可为长篇？在若干字以下，则当为短篇乎？苦难得其标准也。但此种形式的分类，殊非必要，竟从俗称之可矣。自实际言之，则长篇小说，趣味较深，感人之力亦较大，短篇小说则反是，由一为单纯小说，一为复杂小说故也。

小说所描写之社会，较之实际之社会，其差有二：一曰小，一曰深。何为小？谓凡描写一种人物，必取其浅而易见者为代表；描写一种事实，必取其小而易明者为代表也。如写壮健侠烈之气，则写三军之帅可也，写匹夫之勇亦可也。而在小说，则宁取匹夫之勇，写缠绵悱恻之情，则写忠臣义士、忧国爱君如屈灵均、贾长沙之徒可也；写儿女生死相爱恋，如贾宝玉、林黛玉亦可也。而在小说，则宁写一贾宝玉或林黛玉。何者？前者事大而难见，后者事小而易明；前者或令人难于想

209

象，后者则多属于直观的故也。何谓深？凡写一事实，描一人物，必较实际加重数层是也。如写善人，则必极其善；写恶人，则必极其恶；写壮健侠烈之英雄，则必一于壮健侠烈，而无复丝毫之柔情焉；写缠绵悱恻之儿女，则必极其缠绵悱恻，而无复他念以为之杂焉。要之，小说所写之人物恒单纯，实际社会之人物恒复杂。惟单纯也，对于他种事项皆一不错意，然后对于其特所注意之事项，其力量乃宏。如酿酒然，水分愈少，则力愈厚。此则社会上之人物，本来如是，而小说特其尤甚焉者也，特能使此种人物现于实焉者也。尝谓天下事唯不平者可以描写，平者必不能写。英雄、儿女，皆情有所偏至者也，不平者也，故可描写之而成妙文。圣人，情之至中正者也，最平者也，故无论如何善作小说之人，必不能以小说体裁，为圣人作传记，亦必不能于小说中臆撰一圣人也。此犹山川可画，而绝无草木之平原不可画；日月云雨皆可画，而单绘一幅无片云之青天，必不成其为画也。夫何以不平者可为文，而平者不能成文？此则人之心理使然。盖至平则纯为一物，与他物无以为别，而人之心思，亦无从想象矣。古人云：错画谓之文。夫必交错而后成文，不交错则不成文，此即不平者成文，平者即不成文之说也。不平者成文，而平者不成文，此即复杂者成文，单纯者不成文之说也。益有无生于同异，人之能知天下之物也，以其异也。若盈天下之物而皆同，则其所以为别者亡，而人亦无从知其有矣。此则凡事皆如此，而文学亦不能外也。小说亦文学之一，故亦不能外此公例也。

小说所描写之人物，有以复杂而愈见其单纯者。如写一赤心爱国之人，彼其心唯知有国耳，固不必杂以儿女之情也。然设此人因爱国故，备尝艰苦，而忽有一女子，怜而抚之，则此人之柔情，必为所牵引矣。终之则此两人者，或相将尽力国事，国事既定，此二人亦结婚为夫妇焉；或遭运迍蹇，国终不可得救，而此二人者，亦憔悴困厄以死焉；或国虽遇救，而此二人者，竟丧其一，公私不能两尽，为人世间留一缺憾焉。凡此皆小说中所数见不鲜之事实也。又如写情小说，写一缠绵悱恻之儿女，则一于缠绵悱恻可矣，似无所用其武健侠烈之风矣。然或有勇侠少年，慷慨仗义，冒万苦，排万难，拯救一弱女子，而出之于险焉。或贞姬烈女，矢节不移，百死不顾，卒全其贞，其慷慨侠烈，虽烈丈夫视之，犹有愧色焉。此又小说中所数见不鲜之事实也。夫此似与单纯之主义相悖矣，然唯其复杂，正所以成其为单纯也。盖男女因互相敬为爱国之人故而相爱，则其爱国之深可知。贞姬烈女，以抗强暴拂逆故而宁杀其身，则其于所亲爱者，其情之深可知。事以反观而益明。无培塿，不知泰山之高；无沟浍，不知江河之广。写灯之明，愈见夜之黑；写虹之见，即知雨之霁。凡此皆画家所谓烘托法也。若专从正面写之，则天下尚有何事可写者乎？

凡文学，必经选择及想化二阶段。小说所举之代表人物，必缩小其范围者，以小则便于想象，大则不便于想象，作者、读者，皆如此也。所以必加重几层者，则基于选择之作用。盖有所加重于此，必有所割弃于彼，正所谓去其不美之点，而存其美点也。观此益知吾前说之确矣。

小说所描写之事实在小，非小也，欲人之即小以见大也。小说之描写之事实贵深，非故甚其词也，以深则易入，欲人之观念先明确于一事，而因以例其余也。然则小说所假设之事实，所描写之人物，可谓之代表主义而已，其本意固不徒在此也。欲证吾说之确实，请举《红楼梦》以明之。

《红楼梦》之为书，可谓为消极主义之小说，可谓为厌世主义之小说，而亦可谓为积极乐观之小说。盖天下无纯粹之积极主义，亦无纯粹之消极主义。积极之甚者，表十分之满足于此，必有所深恶痛绝于彼；消极之甚者，表极端之厌恶于此，即有所欣喜欢爱于彼。自一端言之，主义固有积极、消极之分；合全局而观之，犹此好恶，犹此欣厌，只有于此于彼之别，断无忽消忽长之事也。明乎此，乃可以读《红楼梦》。

《红楼梦》中之人物，为十二金钗。所谓十二金钗者，乃作者取以代表世界上十二种人物者也；十二金钗所受之苦痛，则此十二种人物在世界上所受之苦痛也。此其旨，具于第五回之"红楼梦曲"。此曲之第一节，为综合诸种之苦痛而释其原因；其末一节，述其解免之方法；其中十二节则历述诸种人物所受之苦痛，亦即吾人生于世界上所受之种种苦痛也。今试释其旨如下。

开辟鸿蒙，谁为情种？都只为风月情浓。趁着这奈何天，伤怀日，寂寥时，试遣愚衷。因此上，演出这悲金悼玉的《红楼梦》。

此第一节，述种种苦痛之原因也。《红楼梦》一书，以历举人世种种苦痛，研究其原因，而求其解免之方法为宗旨。而全书大意，悉包括于此十四折"红楼梦曲"之中，实不啻全书之概论也。此折又为十四折曲之总冒，述人世种种苦痛之总原因，兼自述作书之意也。

人生世上，种种苦痛，其总原因果何在乎？作《红楼梦》者，以为此原于人有知苦乐之性故也。盖境无苦乐，固有甲所处之境，甲以为苦，易一人以处之，则觉其乐者矣。又有今日所处之境，在今日视之以为苦，而明日视之则以为乐者矣。同一事也，在此遇之则为苦，而在彼遇之则为乐矣。足见苦乐非实境，所谓苦乐者，实人心所自造也。然则所谓种种苦痛者，吾人身受之，不能视为四周环境之罪，而当自归咎于其心矣。此折曲为本书开宗明义第一章，为下十三折曲之总冒，实不啻

213

全书之总冒，故特揭明其义也。曰"情种""缺憾"二字之代表也；曰"风月情浓"之"情"字，人心之代表也。言自有世界以来，人生在世，何以有此种种之苦痛乎？皆由人有知苦乐之性故也。"奈何天，伤怀日，寂寥时"九字，代表作者所处之境界。言作者身处此世界，亦有其所遭遇种种之缺憾，亦有其求免缺憾之情，并欲求凡具此缺憾者，同免其缺憾，因作此书也。自"奈何天"以下凡二十七字，为作者自述著书本旨之言。

《红楼梦》第一回云：

　　女娲氏炼石补天之时，于大荒山无稽崖炼成高十二丈、方二十四丈顽石三万六千五百零一块，只用了三万六千五百块，剩下一块未用，弃之青埂山下。谁知此石，自经锻炼，灵性已通，因见众石具得补天，独己无材，不堪入选，遂自怨自叹，日夜悲啼惭愧。

　　一日，正当嗟悼之际，有一僧一道，远远而来，至石下，席地而坐。见一块鲜明莹洁美玉，且又缩成扇坠大小，可佩可拿。那僧托于掌上，笑道："形体倒也是个实物了，还只没有实在好处。须得再镌上几个字，使人一见，便知是奇物方妙。然后好携你到隆盛昌明之邦，诗礼簪缨之族，花柳繁华之地，温柔富贵之乡，去安身乐业。"

石头听了，喜之不尽，问道："不知赐了弟子哪几件奇处，又不知携了弟子到何地方，望乞明示。"

那僧笑道："你且莫问，日后自然明白的。"

说着，便袖笼了这石，同那道人飘然而去。

又云：

西方灵河岸上，三生石畔，有绛珠草一株，赤瑕宫神瑛侍者，日以甘露灌溉，始得久延岁月。后来既受天地精华，复得雨露滋养，遂脱草胎木质，得换人形，仅成女体，终日游于离恨天外，饥则食蜜青果为膳，渴则饮灌愁海水为汤。只因尚未酬报灌溉之德，故其五内，便郁结成一段缠绵不舒之意，常说我无此水还他，他若下世为人，我也同去走一遭，但把我一生所有的眼泪还他，也偿还得过了。

此两段文字，与此折曲同意。女娲氏，乃开辟以来之代表，曰女娲氏所造石，言人性原于自然，与有生以俱来也。曰"自怨自叹，日夜悲啼惭愧"，言人之生，系自愿入世使然，设不愿入世，本无人得而强之也。一僧一道，父母之喻。佛说人之生也，由本身业力，与父母业力，相合而成。灵石之自怨自叹，日夜悲啼惭愧，则自造之业力也；僧与道忽欲镌以数字，携之入世，则父母所造之业力也。自造之业力与父母所造之业力相合而后成人，二者缺一，即不能成其为人。如此石不自怨自艾，人孰得而携之？抑此僧道，不忽动其携之之心，此石虽日日自怨自叹，亦焉得而入世哉？此为推究吾人之所自来，实不啻读一则精妙之原人论也。绛珠草，喻人。绛，红色；珠为泪之代名词；绛珠，犹言红泪也。神瑛侍者，喻地，亦即以为世界之代表。绛珠草借神瑛侍者之灌溉而后长成，言人借世界而后能生存，无世界则无人也。还泪，言人既居于此世界之上，则有种种之情欲，种种之苦痛，不能漠然无情。夫绛珠草之泪，何自来乎？即神瑛侍者所灌溉之珠也。水也，泪也，一而二、二而一者也。人之情何自来乎？世界之培养使之也。设无世界，则无人；无人则亦无情矣。犹之无神瑛侍者之培养，则无绛珠草；无绛珠草，则无泪也。然而泪也，即甘露也；人情，即苦痛也。欲去泪，除非去甘露而后可；欲去苦痛，亦除非除去其爱恋之情而后可。设绛珠能以所受于神瑛之甘露反还之，则亦无泪；人能视世界上种种之快乐如无物，则亦无所谓苦痛矣。此言苦乐同原，欲去苦当先去乐也，所谓大解脱，于后十四折再说之。

216

都道是金玉良缘，俺只念木石前盟。空对着山中高士晶莹雪，终不忘世外仙姝寂寞林。叹人间，美中不足今方信。纵然是，齐眉举案，到底意难平。

　　此节言入世之苦，终不如出世之乐也。金玉良缘，喻入世；木石前盟，喻出世。山中世外，几于显言其意；叹人间美中不足，情见乎词矣。

　　此节言人与人群之苦也。人生于世，不能离群而独立，近之则有父母兄弟妻子朋友，远之则有社会上直接间接与接为构之人。要而言之，人生于世，无论何人，皆不能与人无关系，而世界之上又无论何人皆与我有关系者也。然而此等与我有关系之人，必不能尽如吾意可知也。岂但不能尽如我意，必一一皆有不如我意之处可知也。然则吾人与之并处，复何法以解免苦痛哉？夫使人之相处也，只有彼此相顺悦之情，而绝无互相拂逆之意，岂不大乐？世界又岂不大善？而吾知其不能也。而其所以不能然者，又非出于人为，而实出于天然，与人之有生以俱来，欲解除之而不得者也。然则不能解脱，复何法以免除苦痛乎？夫人与人相处之不能纯然相愿欲也，此实世界上一切苦之总根源也，故此章首言之。夫妇为人伦之始，故借以为喻。"叹人间，美中不足今方信。纵然是，齐眉举案，到底意

217

难平"，言人既入世，则其与人相处也，必不能纯乎彼此相愿乐，实无可如何之事也。

一个是阆苑仙葩，一个是美玉无瑕。若说没奇缘，今生偏又遇着他；若说有奇缘，如何心事终虚话？一个枉自嗟呀，一个空劳牵挂。一个是水中月，一个是镜中花。想眼中能有多少泪珠儿，怎禁得秋流到冬，春流到夏。

此言人生世界，所处之境，不能满足，亦出于天然，而无可如何也。人生环境，可分为二：一为有情的，彼亦有知识情感如吾者也；一为无情的，我有知而彼无知，我有情而彼无情，如草木土石，风云雨露是也。有情之环境，不能尽如吾意，上节既言之；此节则言无情之环境，亦不能尽如吾意也。

阆苑仙葩，即绛珠草，喻人；美玉，即神瑛侍者，喻地，亦以喻一切无情之环境也。人生世上，四周无情之物，若天地，若日月，若风云雨露，若土石草木，与我相遇，不为无缘，其如终不能尽如吾意何？所谓天地之大，人犹有所憾也，故曰"若说没奇缘，今生偏又遇着他；若说有奇缘，如何心事终虚话"也。"枉自嗟呀""空劳牵挂"，言徒感苦痛，终无补于事。"水中月，镜中花"，言无论如何，吾所希望于四周之环境者，其目的必不能达也。"眼中能有多少泪珠儿，怎禁得秋流到冬，春流到夏"，言人生在世，受此种种之苦痛，其何以堪乎？此即言人生在世，对于四周之无情物，必不能尽如吾意之苦痛。男女为爱情中之最绵密者，故借以为喻也。本书写宝玉、黛玉，处处难合易离，亦即此意。

本折下云："宝玉听了此曲，散漫无稽，不见得好处。"言此二折为指人生在世，对于一般之苦楚而言之，非专指一人一事也。

喜荣华正好，恨无常又到。眼睁睁把万事全抛，荡悠悠芳魂消耗。望家乡路远山高，故向爹娘梦里相寻告：儿命已入黄泉，天伦呵，须要退步抽身早。

第四折，悼人命之不常也。人生在世，有生必有死，人人好生而恶死，而人人不得不死，此实事之无可如何者也。人生在世，有种种乐事，死则随之以俱尽矣。本书写荣国府一切繁华富贵，及元妃死，则一败涂地，澌灭以尽，喻此意也。荣国府一切繁华富贵，即人生在世种种乐事之代表，此曲之所谓"天伦"也，凡人生在世，一切乐境，不能久长之苦，亦俱包括于内。

一帆风雨路三千，把骨肉家园，齐来抛闪。恐哭损残年，告爹娘休把儿悬念。自古穷通皆有命，离合岂无缘？从今分两地，各自保平安。奴去也，莫牵连。

第五折，悼生离之苦也。人生在世，莫不有爱恋之情。为爱恋之情之反对者，则分离也。分离有二种：一为生离，一为死别。生离之苦，去死别一间耳。上章言死别之苦，此章则言生离之苦也。"穷通皆有命，离合岂无缘"，言其事出于自然而无如何。曰"命"，曰"缘"，皆事之本体之代表也。

爱恋之情，不独对于有情物有之，即对于无情物亦有之。曰"骨肉"，有情物之代表也。曰"家园"，无情物之代表也。

褴褛中父母叹双亡，纵居那绮罗丛，谁知娇养？幸生来英豪阔大宽宏量，从未将儿女私情，略萦心上。好一似霁月光风耀玉堂，厮配得才貌仙郎，博得个地久天长，准折得幼年时坎坷形状。终久是云散高唐，水涸湘江；这是尘寰中消长数应当，何必枉悲伤！

第六折，言人生在世，自然与苦痛以俱来，除大解脱，绝

220

无解免之方，破养生达观之论也。人之持达观养生之论者，为人生在世，一切境界，唯吾所名，吾名之为苦则苦，名之为乐则乐，彼憔悴忧伤以自残其生者，实不善寻乐耳。信如是，则人之生也，不必与忧患以俱来，而除大解脱外，亦可有解除忧患之法矣。然实不然也。故本书特写一湘云，与黛玉境遇相同，而其所以自处者不同，然其结果，亦卒无不同，以晓之。夫黛玉之所以自残其生者，以其无"英豪阔大宽宏量"也，以其"儿女私情萦于心上"也。设其所以自处者，一如湘云，则虽处逆境，固亦可以求福而免祸矣。谓黛玉所处之境遇，不如湘云，因而不能自解免耶？则湘云所处之境，固亦与黛玉同也，所谓"襁褓中父母叹双亡，纵居那绮罗丛，谁知娇养"也，而一则憔悴忧伤以死，一则"厮配得才貌仙郎，博得个地久天长，准折得幼年时坎坷形状"，宁非一则有"英豪阔大宽宏量"，而一则无之之故乎！然则若湘云者，可谓自求多福；若黛玉，是自求祸也。此持达观养生之论者之说也。然其说果然乎？使湘云而果得福，黛玉而果得祸，则其说诚然矣。今观湘云，虽"厮配得才貌仙郎"，而终久是"云散高唐，水涸湘江"，"地久天长"仍未"博"得，"幼年时坎坷"亦未必"折"得也。然则若黛玉者，亦未必为求祸之道，而若湘云者，亦未必为求福之道也。要之人生在世，一切忧患，实与有生而俱来，欲解免之，除大解脱外，绝无他法。若恃一切弥

221

缝补苴之术以救之，则除却此方面之忧患，而他方面之忧患又来矣，所谓"尘寰中消长数应当"也。盖既在尘寰之中，则必不能免于此祸也。

气质美如兰，才华馥比仙。天生成孤僻人皆罕。你道是啖肉食腥膻，视绮罗俗厌；却不知太高人愈妒，过洁世同嫌。可叹这青灯古殿人将老，辜负了红粉朱楼春色阑。到头来依旧是风尘肮脏违心愿，好一似无瑕白玉遭泥陷，又何须王孙公子叹无缘。

第七节，叹正直之不容也。民生而有欲；欲者，乱之源也。然使人人共知纵欲为致乱之源，而特立一法以预防之；法既立，则谨守而莫之违，则虽不能去乱之源，而亦未始不可以弭乱之迹。而无如人之性，往往好逞一己之欲，虽因此而召大乱，贻害于人，贻害于天下后世，勿恤也。盈天下之人皆如此，而忽有一人焉，知纵欲为致乱之道，特倡一救乱之法，躬行之，而欲率天下之人以共由焉，岂唯不为人所欢迎，反将以为此人之所为，于我之纵欲之行，实大不便，举天下而皆如是人之所为，则我之欲，将无复可以纵恣之机会也，必排斥之，毁谤之，戮辱之，使之无地自容而后已。此从古以来，圣贤豪杰，所以苦心救世，而世卒莫之谅也。孔子之伐檀削迹，耶稣

222

之钉死于十字架，摩诃末之遁逃奔走，不得安其居，皆是道也。"盗憎主人，民怨其上"，其谓此矣。此开辟以来，贤圣虽多，迄于今日，天下卒不治也。然而此等贤圣之人，则真可悲矣，立妙玉为之写照也。

肉食绮罗，纵欲之代表也。盈天下之人皆好纵欲，然亦有秉性独厚，知此等事为致乱之道，而深恶之者。男女居室，人之大欲存焉，而佛说视横陈时味同嚼蜡，盖为此也。使天下此等人日多，人人慕而效之，天下宁不大治？而无如其不能。岂唯不能，又必排斥之，毁谤之，戮辱之，使之无地自容而后已。夫人生于世，但使无害于人，其好与人从同，抑好与人立异，此本属于各人自由。虽使其所好者果为误谬焉，而彼亦一是非，此亦一是非，尚不便以我之所谓是者，强彼以为是，我之所谓非者，强彼以为非也。况明知彼之所为者为善，我之所为者为恶，特以其不便于我故，必欲强彼与我从同，否则排斥之，毁谤之，戮辱之，使之不能自立，此真豺虎之所不为，而人独为之者也。然茫茫世界，此等人实居多数，贤人君子，复何地以自处哉？"太高人愈妒，过洁世同嫌"十字，盖深悲之也。

仁人君子，既不能行其道以救世，并欲独善其身而亦不可得，其可悲为何如！而以前之修己立行，备尝诸苦，果何为也哉？宁非徒劳，徒自苦乎？说到此，不免联想而及于厌世主义，故曰："可叹这青灯古殿人将老，辜负了红粉朱楼春色阑。到头来依旧是风尘肮脏违心愿，好一似无瑕白玉遭泥陷，又何须王孙公子叹无缘。"言早知在此等恶浊社会中，终无贤人君子独善其身之地步，则前此之立名砥行，备尝诸苦，割弃诸乐，又何为乎？尚不如及时行乐之为得计也，所谓早知如此何必如此也。其意悲矣！

此节言凡修入世之法者，欲率其道以救天下，而卒无补于事，徒苦其身，以见欲救天下者，非修出世法，尽除众苦之根源不可也。由此意观之，则尧舜汤武与盗跖同耳，庄周所由有《齐物》之论也。

　　中山狼，无情兽，全不念当日根由。一味的骄奢淫荡贪欢媾，觑着那侯门艳质同蒲柳，作践的公府千金似下流。叹芳魂艳魄，一载荡悠悠。

第八节，伤弱肉强食也。欲为乱源，然徒有欲而无力以济之，天下犹未至于乱也。而无如天之生人也，既赋之以好乱之性，复畀之以济乱之力，而又不能使人人所有之力皆相等，于是强者可凌暴弱者，以逞其欲，弱者则哀号宛转而无可如何，此实天下最不平之事也。本书的写一迎春，以为之代表也。

"骄奢淫荡贪欢媾"，言强者之纵欲也。其下二句，言强者之蹂躏弱者也；末二句，叹弱者之无所依恃也。"中山狼，无情兽"，痛诋强者之词。盖此等人，实为召乱之罪魁。夫人之所以异于禽兽者，以其知有礼义也。徒纵欲而杀人，试问与禽兽何异？则虽称之为兽，亦不为过也。"全不念当日根由"者，从举世昏蒙无识之中，而特提醒其本性之词。盖恃强凌弱，实为致乱之道。天下乱，强者亦有不利焉，而苦于其徒纵目前之欲，莫肯念乱也。使知深观治乱之源，稍计远大之利，则必知吾之所为者为召乱之道，害人即所以自害，而戢其欲矣。而苦于其莫肯远观深计也，此则本性之昧使之然也，故特提醒之。

　　将那三春看破，桃红柳绿待如何？把这韶华打灭，觅那清淡天和。说什么天上夭桃盛，云中杏蕊多？到头来谁把秋挨过？则看那白杨村里人呜咽，青枫林下鬼吟哦。更兼着连天衰草遮坟墓，这的是昨贫今富人劳碌，春荣秋谢花折磨。似这般生关死劫谁能躲？闻说道西方宝树唤婆娑，上结着长生果。

　　第九折，伤有知识者之苦，而破自谓深识者之谬也。一切现象，皆由心造，无所谓有，亦无所谓无，无所谓苦，亦无所谓乐。自执着者言之，以无为有，然后有所谓苦乐矣。其执着不同者，其所谓苦乐亦不同，而其不离苦乐之见，则一也。夫既不离苦乐之见，而又不能以众人之所苦者为苦，所乐者为乐，则他人之处世也，为一甘苦哀乐更起迭陈之境，而是人则无所往而不苦耳。何则？是人之知识，既高出于众人，则众所见为乐者，彼未必能见为乐。然既未能跳出于苦乐之境，则人之见为苦者，彼仍不能不以为苦也。是有苦而无乐也。古今来忧深处远之贤君相，伤时感遇之文人，多血多泪之畸士，多愁多怨之少女，皆属此类。本书特写一惜春，以为之代表也。

此等人之误谬，在误认世界一切现象为实有，与众人同；而其观察此现象也，则众人所见在此面者，彼之所见，必适在彼面。如见一花也，人方赏其春荣，彼则预伤其秋谢；见一人也，人方欣其昨贫今富，而彼则但伤其劳碌。夫见为春荣，而秋谢在即，则春荣固非真；然凡世间秋谢之物，无一不经春荣而来，春荣既非真，秋谢又安知非假？昨贫今富诚为可欣，劳碌亦诚可伤。与劳碌以求富，毋宁不富也，是富无可欣也；然富无可欣，劳碌又何可伤乎？凡此皆所谓以子之矛陷子之盾者也。要之此等人之所见，实亦与众不同，不过一在此面，一在彼面耳。以此而笑众人，真所谓以五十步笑百步也。

此曲全文，皆比较此等人所见与众人之异同，末二句则指出此等人之误谬。盖众人唯误认世界为实有，故有所谓苦乐，此等人亦误认世界为实有，故亦有所谓苦乐；特众人所谓苦乐

226

者，皆在世界之中，而此等人则认世界为苦，而欲求乐于世界之外耳。犹之一则厌昨贫而求今富，恶秋谢而乐春荣；一则视贫富荣谢，皆为苦境，而别歆西方之长生宝树也。

> 机关算尽太聪明，反算了卿卿性命！生前心已碎，死后性空灵。家富人宁，终有个家亡人散各奔腾。枉费了意悬悬半世心，好一似荡悠悠三更梦。忽喇喇似大厦倾，昏惨惨似灯将烬。呀！一场欢喜忽悲辛，叹人世终难定。

第十折，叹权力执着之苦也。人之执着，有种种之不同，而权力亦为执着之一，质而言之，则好胜而已矣。《史记·律书》："自含齿戴角之兽，见犯则校，而况于人。怀好恶喜怒之气，喜则爱心生，怒则毒螫加，情性之理也。"实能道出权力执着之起源。盖人之好争斗好胜，乐为优强者，实亦出于天性也。此等性质，所以与争夺相攘有别者，彼则因有其所欲之物，不与人争夺，则不能得，故与人争。争夺其手段也，所争夺之物，则其目的也。此则并无所求之目的物，不过欲显我之权力，优强于人，使人服从于我而已。盖一为物质上之欲望，一为精神上之欲望也。此等欲望，不徒对于人有之，对于物亦有焉；不徒对于有知之物有之，对于无知之物亦有焉。如吾人

227

对于自然之花木竹石，辄好移易其位置，变更其形状是也。质而言之，则欲使吾身以外之物，服从于吾之意思而已，所谓权力执着也。此等执着，人人有之，而其大小，则相去不可以道里计。欲为圣贤豪杰，传其名于后世，为万人所钦仰，权力执着之最大者也；次之则欲为帝王将相，伸权力于一时，使天下之事，事事皆如吾意以处置之，若亚力山大、成吉思汗、拿破仑，其最著也；又次之，则凡欲炫荣名于一时，张权势于一方，睚眦杀人，蓄谋报怨，亦皆是也；下至匹夫匹妇，无才无德，犹欲闭门自豪，雄长婢仆焉。嗟乎！权力执着之害大矣。人而无此执着，则苟有菽粟如水火，含哺而嬉，鼓腹而游，未始不可致极隆盛之治也。而无如人于物质的欲望之外，又有其精神的权力之欲望，既遂生存，又求发达，而其所谓发达者，即包含一"我为优强者，欲使人服从于我"之条件于其中。夫我欲为优强者，谁甘为劣弱者？我欲使人服从于我，人亦欲使我服从于彼，而争夺起矣。虽有圣人，能给人之求，养人之欲，使人人物质上之欲望，无不满足，而天下亦无太平之望矣。此真无可如何之事也。然此等人，日执着于权力，终其身唯权力之趋，而究其归宿，何所得乎？试问权力加于人，使我身外之物，无不服从于我之意思，究亦何所得乎？试一反诘之，未有不哑然自笑者也。此等人，于己一无所得，而徒放任其性，以酝酿天下之乱源，不亦愚乎！本书特写出一王熙凤，以为之代表也。曰"机关算尽太聪明，反算了卿卿性命"，深悯其愚，而反复戒警之也。

权力执着之人，不徒欲伸张自己之权力也，亦有时执着于事，谓此事必如此则可，如彼则否，因出全力以争之，必欲使之如此。而夷考其实，则此事如此本与如彼同，或反不及如彼之善，又或如此虽善于如彼，而因吾出强力以使之如此故，如此即变为不善，而如彼反变为善者有之矣，而当其执着于事，不暇计及也。此等性质，其最小而易见者，即吾人好移花木竹石等之位置，而变更其形状，足以代表之矣；其大者，若圣贤豪杰之必欲治国平天下，亦此执着之性之误之也。本文云："家富人宁，终有个家亡人散各奔腾。枉费了意悬悬半世心，好一似荡悠悠三更梦。"言事之如彼如此，初无所别，执着焉而必欲使之如此者，其目的必不能达也。

执着于事之人，其人格不可谓之不高尚。设使天下之人，皆漫无主张，事如此则听之，如彼则听之，则凡事皆无改良进步之希望，而人生之痛苦，将永不能除矣。唯有此等人，强指事实之此面为善，彼面为不善，硬将此一面之不善，移之于彼一面，其究也，虽于其不善之本体，毫无所损，而人类究亦因之以抒一时之苦痛焉，或避大害而趋小害焉。如医者睹人痛苦至极时，则以麻醉剂施之。麻醉剂于病之本体，毫无所损也，然而人类因此而得以轻减其痛苦之负担，以徐俟病之恢复，亦不啻增长其对于病之抵抗力也。但此等疗法，视为对证疗法则可，径视为原因疗法则误矣。彼执着于事者，睹国政之苛暴，则欲易之以和平，伤风俗之颓敝，则欲矫之以廉隅，其所图亦何尝不是！然以是为一时之计则可，以是为永久之图则误也。盖苛暴有苛暴之弊，和平有和平之弊，颓靡有颓靡之弊，廉隅亦有廉隅之弊。以和平与廉隅为矫正苛暴颓靡之手段可也；必谓和平与廉隅为绝对之善，苛暴与颓靡为绝对之恶，不可也。此所谓执着也。有此执着，故凡能治国安民之人，同时亦必有其所及于社会之恶影响，犹药物之能治病者，同时亦必有其对于身体之恶影响也。其故由执着于事，不知事实之本相，而误以其一端为至善，一端为至恶故也。此由未知大道故也。故本文结笔，特为之明揭其旨以晓之，曰"叹人世终难定"者，言人世无绝对之善，亦无绝对之恶。既言世法，则只有补偏救弊之方，绝无止于至善之道。执着于一端，而倾全力以赴之者，其目的必不能达；即达之，亦必有意外之恶结果，为吾人所不及料者，来相侵袭也。

留余庆，留余庆，忽遇恩人；幸娘亲，幸娘亲，积得阴功。劝人生济困扶穷，休似俺那爱银钱忘骨肉的狼舅奸兄。真是乘除加减，上有苍穹。

230

第十一折，叹福善祸淫之说之不足恃也。因果之理，最为精深，顾其说与世俗福善祸淫之说，绝不相同。福善祸淫之说，谓人之善不善，天必报之于其身，或于其子孙，或于其来生，顾其事不能与人以共见也。夫造善因，得善果，造恶因，得恶果，毫无不爽，如响应声，其理岂容或忒！顾其理太深，非人人所能共喻。仁人君子，欲借是以防民之为非，而苦于其理之深而难晓也，则稍变其说，以期人人之共晓，是即世俗所传福善祸淫之说也。顾其说既变，即其理实非真，而其事遂不能尽验。世之桀黠者，以其无有佐证，知其说之出于伪托也，遂悍然决破其藩篱，而仁人君子恃以防民为非之术又穷矣。夫使天然因果之理，能如世俗所造福善祸淫之说，一一实见于眼前，使人有所畏而不敢为非，其事岂不甚善！而无如天然因果之理，又不能如此。使仁人君子，欲利用之而且穷于术也，此又事之无可如何者也。本节即慨叹世俗福善祸淫之说之不验，而仁人君子防民之术之穷，通篇皆反言以明之。曰"乘除加减，上有苍穹"，正是叹实际之世界，不能有一苍穹，监临其上，为之乘除加减耳！故巧姐之名曰"巧"，言此等事可偶一遇之而不能视为常然，欲以是为救世之术，冀免除人生之苦痛，终不能也。

镜里恩情，更那堪梦里功名！那美韶华去之何

231

迅，再休提绣帐鸳衾。只这戴珠冠，披凤袄，也抵不了无常性命。虽说是人生莫受老来贫，也须要阴骘积儿孙。气昂昂头戴簪缨，光灿灿胸悬金印，威赫赫爵禄高登，昏惨惨黄泉路近。问古来将相可还存？也只是虚名儿，与后人钦敬。

第十二折，叹执着于富贵利禄者之苦也。人之执着不一端，而执着于富贵利禄，凡人世之所谓快乐者，为最多数。夫富贵利禄，则何快乐之有？然而耳好淫声，目迷美色，身体乐放佚，而心思即慆淫，凡世俗之所谓快乐者，非富贵利达，则不能得之也，此人之所以唯富贵利禄之求也。且求富贵利禄者，岂特谓是为快乐之所在，吾欲快乐，故求之云耳，甚且视为人生之本务焉。如彼读书之人，穷年矻矻，以应科举，岂特歆其"食前方丈，侍妾数百，堂高数仞，榱题数尺"之乐，亦谓苟因科举，博得一官，则可以耀祖荣宗，封妻荫子，为宗族交游光宠，人生之本务，固当如是也。此则欲望的执着，与道德的执着，合而为一，执着之上，又加执着矣。其执着愈深，其迷而不复，乃愈甚也，若李纨则其人也。夫人之所以有此执着者何也？究其原，亦曰以心灵为肉体之殉而已矣。夫使举心灵以殉肉体，而其结果，果可以得快乐焉，亦复何惜？而无如其终不能也。其不能若之何，则此曲之本文言之矣。曰

"只这戴珠冠，披凤袄，也抵不了无常性命"，言肉体之所谓快乐者多端，举心灵以殉之，竭全力以赴之，终不能尽得也。夫使得其一端，而其余之苦痛，即可以因之而消弭焉，则亦何尝非计？而无如其不能也。得其一端，则又有他种之快乐，诱吾于前焉，吾更竭全力以赴之，而未能必得也；即得之，而他种快乐之诱吾于前者又如故，则是竭吾生之力以求快乐，而终无尽得之日也。快乐终无尽得之日，即苦痛终无尽免之时，而罄吾之全力以求之，反忘当下可得之快乐，不亦愚乎！曰"气昂昂头戴簪缨，光灿灿胸悬金印，威赫赫爵禄高登，昏惨惨黄泉路近"，言无论何种快乐，皆有苦痛乘乎其后也。夫有苦痛乘乎其后，则非真快乐也，而倾全力以求之，不尤愚乎！曰"问古来将相可还存？也只是虚名儿，与后人钦敬"，言此等快乐，绝非实体，罄全力以求之，到头来必一无所得，劝其不知来，视诸往也。曰"虽说是人生莫受老来贫，也须要阴骘积儿孙"，言吾人之灵魂为永久之体，躯壳特暂时寄顿之所，举灵魂以殉躯壳，实为不值也。曰"老来贫"，躯壳之所谓苦痛之代表也；曰"儿孙"，永久之灵魂之代表也。本节悯世人沉溺于肉体之所谓快乐，而举灵魂以殉之，久之且忘灵魂与俗体之别，大声疾呼，以警醒之也。

画梁春尽落香尘。擅风情，秉月貌，便是败家的

233

根本。箕裘颓堕皆从敬，家事消亡首罪宁。宿孽总因情。

第十三折，破世俗是非之论，"齐物"之意也。人世上之事，无所谓善，亦无所谓恶。如杀人，恶也，杀杀人之人，则谓之善矣；淫，恶也，淫而施之于夫妇，则为善矣。然杀人与杀杀人之人，不得不同谓之杀也；淫于外与淫于夫妇之间，不得不同谓之淫也。今禁杀人，而特设士师以杀杀人之人，则杀人之本性犹未去也；禁人淫，特防遏之，使但行于夫妇之间耳，则淫之本性亦未除也。杀人之本性未去，则亦可移之以杀法律所保护之人；淫之本性未除，则亦可移而行之于夫妇之外。谓杀杀人之人，较善于杀非杀人之人，则可矣，径谓杀人为善，则不可也；谓淫于夫妇之间，较善于淫于夫妇之外，则可矣，径谓淫于夫妇之间为善，则不可也。且杀杀人之人之性，与杀人之性同原，则杀人恶，杀杀人之人亦恶也；淫于夫妇之间之性，与淫于夫妇之外之性同原，则淫于夫妇之外恶，淫于夫妇之间亦恶也。而世俗必指其一为善，其一为恶，则执着焉，而其性之本体弥不去矣。其性之本体不去，则有时用之于此一端，有时必用之于彼一端矣。故杀人之祸，士师召之也；淫风之盛，婚姻之制为之也。果有一邦焉，无杀人之祸，则其邦亦必无士师矣；孩提之童，不知淫于夫妇之外，又宁知淫于夫妇之间乎？及其既知淫于夫妇之间，又宁能禁之，使不知淫于夫妇之外乎？故曰"圣人不死，大盗不止""剖斗折衡，而民不争"也。世俗必指其一端为善，一端为恶，而不知两端之同因中心而得名，是犹谓刀为善，而谓其杀人为恶也，是保存其物之体，而欲其作用之不显也，是置水于日光之下，而欲其毋化汽也，其可得乎？故本节深晓之也。曰"画梁春尽落香尘"，喻自然；春风香尘落，物理之自然，非人之所能为也。曰"风情"，曰"月貌"，曰"情"，皆人性之代表也。曰"败家"，曰"箕裘颓堕"，曰"家事消亡"，皆世俗所指为罪恶之代表也。曰"宿孽"，人之所以为恶之原因也。言人之所以为恶者，其原因亦出于本性。欲拔除为恶之根源，非空诸所有，得大解脱不可；否则为恶之本体尚存，虽能移而用之于他一端，于其本体实无丝毫之损，不得谓之真善也。

　　为官的家业凋零，富贵的金银散尽，有恩的死里逃生，无情的分明报应。欠命的命已还，欠泪的泪已尽。冤冤相报自非轻，分离聚合皆前定。欲知命短问前生，老来富贵也真侥幸。看破的遁入空门，痴迷的枉送了性命。好一似食尽鸟投林，落了片白茫茫大地真干净。

第十四折，总结，教人以免除苦痛之法也。因果之理，如响应声，毫发不爽，故本节极言之。"为官的家业凋零，富贵的金银散尽"，言人与躯壳，关系甚暂，终有脱离之时。"有恩的死里逃生，无情的分明报应""冤冤相报自非轻，分离聚合皆前定。欲知命短问前生，老来富贵也真侥幸"，极言因果之不爽。"老来富贵也真侥幸"，言人有以因果之理论之，应得恶果，而忽得善果者，此非真果，尚有恶果在其后。盖因果之来，恒为曲线而非直线，故人不能觉其验，而因果之毫发不爽，亦正于此见之。盖世人所谓某人应得善果，某人应得恶果者，往往非精确之论；使因果而悉如人意以予之，则不足以昭其正当矣。曰"欠命的命已还，欠泪的泪已尽"，言以前所造之因，终有历尽其果之日，但当慎造今后之因也。曰"看破的遁入空门，痴迷的枉送了性命"，言能大解脱者，即能免除一切苦痛，而不然者，徒造恶因，自受其恶果尔。曰"好一似食尽鸟投林，落了片白茫茫大地真干净"，言万法皆空，劝人之勿有所执着也。

《红楼梦》一书，几于无人不读，亦几于无人不知其美者，顾特知其美耳，未必能知其所以美也。不知其所以美，而必强为之说，此谬论之所由日出也。以前评《红楼梦》者甚多，予认为无一能解《红楼梦》者，而又自信为深知《红楼

236

梦》之人，故借论小说所撰之人物为代表主义，一诠释之。深明哲理之君子，必不以予言为穿凿也。

或谓："子之说《红楼梦》则然矣。然《红楼梦》为最高尚之书，书中自无一无谓之语，其所撰之人物，皆有所代表，宜也；彼庸恶陋劣之小说，安能与《红楼梦》相提并论，即安得谓其所撰之人物皆有所代表乎？"

曰："否。其所代表之人物有善恶，其主义有高低，则有之矣；谓其非代表主义则不可也。如戏剧然，饰一最高尚之人，固为代表主义，饰一最卑陋之人，亦为代表主义也。

"然则必欲考《红楼梦》所隐者为何事，其书中之人物为何人，宁非笨伯乎！岂唯《红楼梦》，一切小说皆如此矣。"

或问曰：小说所描写之人物，为代表主义，而其妙处，则在小在深，既闻命矣。然盈天下皆事实也，任何一种事实，皆足以为一种理想之代表者也。吾人苟怀抱一种理想，将从何处捉一事实来，以为之代表，且焉知此种事实，实为此种理想最适之代表乎？得毋选择事实，亦自有法，而其适否，即为小说之良否所由判乎？

应之曰："凡人之悟道，恒从小处入，恒从深处入。如吾前言，《红楼梦》之写一林黛玉、一贾宝玉，所以代表人生世间，无论何事，不能满意也。故其言曰：'叹人间美中不足今方信'，情见乎词矣。"夫人生世上，不能满足，实凡事皆然，不独男女之际也。然终不若男女之际，其情为人人所共喻，且沉挚足以感人。故选择一贾宝玉、一林黛玉以为之代表，实此种理想最适之代表也。然必谓作《红楼梦》者，游心四表，纵目八荒，于诸种现象，博观而审取之，然后得此一现象以为之代表，则亦断非事实。夫人之情，不甚相远也。大抵读书者以为易明之事，著书者亦以为易明；读书者对之易受感触之事，著书者对之亦易受感触。所异者，情感有厚薄，智力有浅深。常人知其一不知其二，贤知之人，则能因此而推之彼，合众现象而观其会通耳，此所谓悟道也。然其后，虽于各种现象，无所不通，而其初固亦自事之小而易见者、感人最深者悟入，则欲举此种理想以诏人，而求一事实焉以为之代表，固无待于他求，即举吾向所从悟入之事实，以为之材料可矣。此其理并通于诗。作诗者因物生感，即咏物以志其感，初不闻于所感之物之外，又别求一物焉，以代表其感想也。故吾尝谓善读小说者，初不必如今之人，屑屑效考据家之所为，探索书中之某人即为某人，某事即为某事，以其所重者本不在此也。即如《红楼梦》，今之考据之者亦多矣，其探索书中之某人即为某人，某事即为某事，亦云勤矣。究之其所说者，仍在若明若昧之间。

予于此书，仅读一过，亦绝未尝加以考据，然敢断言："所谓十二金钗者，必实有其人；且其人，必与书中所描写者，不甚相远。"

何也？使十二金钗而无其人，则是无事实也。无事实，虽文学家，何所资以生其想象？无想象，则选择变化，皆无所施，而美的制作，又曷由成哉？使其真人物而与书中所述之人物大相远也，则是著者于所从悟入之事实之外，又别求一事实，以为其理想之代表也，此亦绝无之事也。然则小说所载之事实，谓为真亦可，谓为伪亦可。何也？以其虽为事实，而无一不经作者之想象变化；虽经作者之想象变化，而仍无一不以事实为之基也。然则屑屑考据某人之为某人、某事之为某事何为？彼未经作者选择变化以前之某人某事，皆世间一事实而已矣。世间一事实，何处不可逢之，而必于小说中求之乎？是见雀炙而求弹、闻鸡之时夜而求卵也，可谓智乎？

孔子曰："我欲载之空言，不如见之于行事之深切著明也。"

斯言也，可为小说作一佳赞。何也？小说固不离乎事实者也。夫文学有主客观之分。主观主抒情，客观主叙事。抒情者，抒发我胸中所有之感情也。叙事者，叙述我所从感触之事物也。以二者比较之，则客观的文学，较主观的文学为高尚。何也？主观的文学，易流于直率；而客观的则多婉曲。如睹物思人，对月思家，直述其思人及思家之情，主观的文学也；但叙述其物及吾所睹月下之形状景色，客观的文学也。二者一直一曲。曲者婉而直

239

者彰。而感人之情，直率恒不如婉曲。文学为情的方面之物，故以婉曲为贵也。主观的文学，每失之简单；而客观的则多复杂也。前论复杂小说、简单小说之说，可以参观。复杂者美于简单。文学者，美的制作也，故贵复杂。然偏于客观，亦易流于干燥无味之弊，使人读之，一若天然之事实，未经作者之想象变化者然。故其最妙者，莫如合主、客观而一之，使人读之，既有以知自然繁复之事实，而又有以知著者对之之感情，且著者对此事物之感情，恰可为此等事物天然之线索，而免于散无条理之消，真文学中之最精妙者矣。然他种文学，仅能于客观一方面之事物，详加叙述，而于主观一方面，则不能不发为空言，唯小说与戏剧，则以其体例之特殊故，乃能将主观一方面之理想，亦化之为事实。凡小说与戏剧，必有主人翁。此主人翁所以代表著者之感想者也，主观的也。其余之人物，皆谓之副人物，所以代表此主人翁四周之事物者也，客观的也。夫如是，故小说与戏剧，可谓客观其形式，而主客观其精神。持是以与他种文学较，则他种文学，可谓为主观的形式之主客观文学；而小说与戏剧，则可谓为客观的形式之主客观文学也。此真复杂之中又复杂，婉曲之中又婉曲者也。小说戏剧之势力，驾他种文学而上之，谁曰不宜？小说戏剧之特质，在以事实发表理想，故凡大发议论以及非自叙式之小说，而著者忽跳入书中，又或当演剧之时忽作置身剧外之语，均非所宜。

或问曰："小说但能使事实表现于精神界耳，而戏剧，则兼能使之表现于空间。如是，则戏剧不更优于小说乎？"

应之曰："人之乐与美的现象相接触也，其接触之途本有二：一为诉之于官能者，一为诉之于空想者。物之但表现于时间者，其诉之空想者也；其兼表现于空间者，其诉之官能者也。人之官能与空想，各有其美的欲望，即各思所以满足之。二者本不可偏废，即无从轩轾也。且戏剧能使美的现象实现于空间，固非小说所能逮，然戏剧正以受此制限故，而其尽善尽美之处，遂有不能尽如小说者。此戏剧与小说，所以并行不悖也。"试陈其事如下。

一、为场所所限制。小说不占空间的位置，故其书中所叙述之事实，所占之地位，可以大至无限。戏剧则为剧场所限制，剧场之幅员，为人之视力所限制，能同时活动于舞台上者，至多不过三四十人而已。如数十万人大战于广野，小说能叙述之，戏剧不能演之也。此戏剧之不如小说者一也。

一、为时间所限制。小说但诉之于空想，故其经过也速；戏剧兼诉之于官能，故其经过也迟。惟经过速也，故能于仅少之时间，叙述多数之事实，经过迟者不能也。今设有小说一册，三时间之内，可以读毕。试以此小说中之所载者，一一搬演之而成戏剧，恐非三十时间不能毕事矣。然则是读小说者，于同一时间之内，所感触之美的现象，十倍于戏剧也。是小说

241

复杂，而戏剧单纯也。复杂则美矣。此戏剧之不如小说者二也。

一、为实物所限制。客观的文学之特质，在其能叙述事物，使一切美的现象，浮现于人之脑际，使人接触之而若以为真也。此等作用，时曰象真。象真之作用，诉之于人之精神较易，而诉之于人之官能则难，盖空想之转换速，官能之移易迟也。如叙述一地方之风景也，忽而严冬，忽而盛夏；叙述一人之形貌也，忽而翩翩年少，忽而衰老龙钟；在小说随笔转移，读者初不觉其痕迹，在戏剧则无论布景如何美妙，艺员表情之术如何高尚，尚不能令人泯然无疑也。如《红楼梦》中巧姐暴长，读者初不觉为疵累，若演之戏剧，则观者必大骇矣。此戏剧之不如小说者三也。

然则戏剧其可能废乎？曰：不可。夫戏剧与小说，固各有所长者也。何以谓之各有所长也？曰：吾固言之矣，小说者，专诉之于人之空想；而戏剧者，兼诉之于人之官能者也。今试列表以明之：

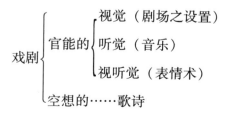

夫人之欲望无穷，空想与官能，既各有其欲，往往同时并

思所以满之。瞑想江南之佳丽，辄思选色于花丛；遐思燕赵之悲歌，便欲听音于酒后，其实例也。惟其如是也，故其事苟可以官能与空想，同时触接之者，则必不肯以想象其美为已足，而更欲触接之以官能，此演剧之所由昉也。不宁唯是，人有所感于中，必有以发表之于外。其所以发表之者，则一为动作，而一为音声。发之于音声则为歌，动之于形体则为舞，故曰"喜斯陶，陶斯咏，咏斯犹，犹斯舞，舞斯愠，愠斯戚，戚斯叹，叹斯辟，辟斯踊"矣。

　　戏剧者，不唯能以角本造出第二之人间，而同时又能以歌、舞二技，刺激人之感官，以发挥其感情，而消耗其有余势力者也。惟其然也，故戏剧于象真之点，不及小说，于同一时间之内，所能演之事实，不若小说之多，其所演之事实，范围亦不及小说之广，然其刺激人感情之力，却较小说为强，盖一专诉之于空想，而一兼诉之于感官也。惟其然也，故戏剧可谓有小说及歌舞两元素。其以剧本造出第二之人间，则小说的元素也；其歌词、表白、做工，别成为一种语言动作，与人类实际之语言动作，终不能无多少之差殊，则歌舞的元素也。此不徒旧剧然，即新剧亦然。如戏中说白，较通常之语言发声不得不较高，音调不得不较缓是也。惟其然也，故歌剧在戏剧中为本支，而演剧则反在侧生旁挺之列。今人之彼此易置者，实未知戏剧之性质者也。歌诗，以言乎音节，则足以刺激人之听官，而满足其美感；以言乎所载之事实，则能以作者之理想，造出第二之人生，其作用与小说同；而其诉诸人之理想界者，又有一种伟力，为小说之所不能及，则文词之美是也。盖歌词实语言中之至美者也，如"欲乘秦凤共翱翔，又恐巫山还是梦乡"，翻成白语只可云"我很想同你结婚，不知能否如愿？"成何语言乎？又如京调，人孰不知其鄙俚，然如"走青山望白云家乡何在"，其意义，亦岂能以表白代之乎？吾尝谓中国人本有两种语言，同时并行于国中：一为高等人所使用，文言是也；一为普通人所使用，俗语是也。文言多沿袭古代，有不能曲达今世人之感想之憾，故白话乘之而兴。小说利用之，能曲达今世人之感想，以餍足社会上爱美之欲望，遂于著述界中蔚为大国焉。然以其为普通人所用之语言，故较之高等人所用之语言，思想恒觉其简单，意义亦嫌于浅薄。吾人所怀高等之感想，往往有能以文言达之，而不能以俗语达之者，如前所举二例是也。职是故，戏剧遂能于小说之外，别树一帜。盖以其所叙之事实，虽较小说为简单，其于描写现今社会之情状，亦不如小说之适切，然其所用之语言，却较小说为高尚，故能叙述比较的高等之感想，以餍人爱美之心也。即戏剧于同一时间之内，与人以刺激之分量较少，而其刺激之力却强也。然则戏剧所以能独立于小说之外者，其故可知，而歌舞剧之当为正宗，纯粹科白之剧之实为旁支，亦可见矣。

吾论小说至此，已累三万言，可以休矣。今请略论作小说之法。以结此小说丛话之局。

第一理想要高尚。小说者，以理想造出第二之人间者也。惟其然也，故作者之理想，必不可以不高尚。使作者之理想而不高尚，则其所造出之第二人间，必无足观，而人亦不乐观之矣。《荡寇志》组织之精密，材料之丰富，何遂逊于《水浒》，或且过之。然其价值终不逮者，理想之高尚不逮也。中国旧小说，汗牛充栋，然除著名之十数种外，率无足观者，缺于此条件故也。理想者，小说之质也。质不立，犹人而无骨干，全体皆无所附丽矣。然则理想如何而能高尚乎？曰是则视人之道德为进退。凡人之道德心富者，理想亦必高；道德心缺乏者，理想亦必低。所谓善与美相一致也。稽古说《诗》，曰"不得已"，岂必雅颂，皆由穷愁。不得已者，有其悲天悯人之衷，自有其移易天下之志；有其移易天下之志，自有其芳芬悱恻不能自言之情，发之咏歌，遂能独绝千古。惟其真也，惟其善也，惟其美也，作小说亦犹是也。无悲天悯人之衷，决不能作《红楼梦》；无愤世嫉俗之心，决不能作《水浒传》。胸无所有，而漫然为之，无论形式如何佳妙，而精神不存焉，犹泥塑之神决不足以威人，木雕之美女终不能以动人之情也。此作小说之根本条件也。

第二材料要丰富。理想高尚矣，然无材料以敷佐之，犹无益也。盖小说者，以其体例之特殊故，凡理想皆须以事实达之，故不能作一空语。又以其为近世的文学故，其书中所述之事物，皆须为现社会之所有。而非如作古文者，以严洁不用三代两汉以后语为贵；又非如作骈文者，但胪列典故，以为证佐，可求之于类书而已足。故作者于现社会之情形必不可以不知，而其知之又不可不极广。盖小说为美的制作，贵乎复杂，而不贵乎简单；既贵乎复杂，则其所描写之事实，当兼赅乎各方面，而决不能偏乎一方面故也。如作《红楼梦》者，但能描写贾母、贾政而不能描写刘姥姥、焦大，即无味矣。然则他种文学，其材料皆可于纸上求之，独小说则其材料，当于空间求之。如《水浒》为元人所作，其时社会之情形即多与今日不同，设作一小说以描写今日之社会，而其所述之情形多与《水浒》相类，即成笑柄矣。此作者之阅历，所以不可不极广也。此亦作小说最要之条件也。

第三组织要精密。所谓组织精密者有二义：第一事实要连贯。组织许多复杂之事实而成一大事实，其中须有一线索，不能有互相冲突之处。如两人在书中初见时为同年，至后文决不能其一尚在中年，其一已迫暮景也。此等处看似极易，然其实极难，作长篇复杂小说者，往往有束湿不及之处，遂为全体之累。如《荡寇志》与《水浒》相衔接者也，书中之事实，即不能有与《水浒》相冲突之处。然扈三娘在《水浒传》中，仅与林冲战二十合，即为冲所擒，至《荡寇志》中，陈丽卿之武艺，与林冲相等，而扈三娘忽能与之大战至数百合无胜负。又如《三国演义》，关公斩颜良之前，徐晃与颜良战二十合，即败回本阵，及关公败走麦城之时，徐晃忽能与关公战八十合，无胜负。诸如此类，虽云小节，究之自相矛盾，未免有欠精密矣。一主从要分明。书中之人物，孰为主人翁，代表作者之理想，孰为副人物，代表四周之境遇，不可不极为明确，使人一望而知，然后读者知作者主意之所在，乃能读之，而有所感动。若模糊影响，无当也。《儒林外史》所描写之人物，极为复杂，而组织上不能指出孰为主人翁，事实亦首尾不完具，不能合众小事为一大事，究属欠点。

如上所述，寥寥三项，然小说之佳否，自理论上判决之，不过此三者而已。三者兼具，未有不为良小说者；具其一二项，则美犹有憾；若三者皆不具，未有不为恶小说者也。中国向者视小说为无足重轻之业，皆毫无学识之人为之，于此三条件，往往皆付阙如，故小说虽多，而恶者殆居百分之九十九。今风气一变，知小说为文学上最高等之制作，且为辅世长民之利器，文人学士，皆将殚精竭虑而为之，自兹以往，良小说或日出不穷，恶小说将居于天然淘汰之列乎？予日望之已。

或问译述之小说与自著之小说孰良，曰："小说者，美的制作也。美之观念，因民俗而有殊。异国人所感其美者，未必我国人亦感其美也。以言乎感人，译本小说之力，自不若著者

247

之伟大。然文学贵取精用宏，吸收异己者之所长，益足以增加其固有之美，则译本小说，亦不可偏废也。"

（原署名：成、成之。刊于 1914 年《中华小说界》第三至第八期）

图书在版编目(CIP)数据

中国女侦探：吕思勉小说集／吕思勉著. -- 北京：中国文史出版社，2025.3

ISBN 978-7-5205-4348-4

Ⅰ.①中… Ⅱ.①吕… Ⅲ.①中篇小说-小说集-中国-现代②短篇小说-小说集-中国-现代 Ⅳ.①I246.7

中国国家版本馆 CIP 数据核字(2023)第 186634 号

责任编辑：薛未未

出版发行：**中国文史出版社**

社　　址：北京市海淀区西八里庄路 69 号院　　邮编：100142

电　　话：010-81136606　81136602　81136603（发行部）

传　　真：010-81136655

印　　装：北京联兴盛业印刷股份有限公司

经　　销：全国新华书店

开　　本：880×1230　1/32

印　　张：8　　　　字数：145 千字

版　　次：2025 年 3 月第 1 版

印　　次：2025 年 3 月第 1 次印刷

定　　价：56.00 元